G
GOLDMANN

99 ... Abends, wenn ich abgespannt bin, greife ich instinktiv nach einem ‚Wallace', bin im Nu in der Handlung, vergesse den ganzen Jammer des Alltags, bin froh und mutig. ADENAUER IN RHÖNDORF **99**

Edgar Wallace. Das Original.

Alle
Edgar Wallace Kriminalromane:

1. Die Abenteuerin.
2. A. S. der Unsichtbare.
3. Die Bande des Schreckens.
4. Der Banknotenfälscher.
5. Bei den drei Eichen.
6. Die blaue Hand.
7. Der Brigant.
8. Der Derbysieger.
9. Der Diamantenfluß.
10. Der Dieb in der Nacht.
11. Der Doppelgänger.
12. Die drei Gerechten.
13. Die drei von Cordova.
14. Der Engel des Schreckens.
15. Feuer im Schloß.
16. Der Frosch mit der Maske.
17. Gangster in London.
18. Das Gasthaus an der Themse.
19. Die gebogene Kerze.
20. Geheimagent Nr. Sechs.
21. Das Geheimnis der gelben Narzissen.
22. Das Geheimnis der Stecknadel.
23. Das geheimnisvolle Haus.
24. Die gelbe Schlange.
25. Ein gerissener Kerl.
26. Das Gesetz der Vier.
27. Das Gesicht im Dunkel.
28. Der goldene Hades.
29. Die Gräfin von Ascot.
30. Großfuß.
31. Der grüne Bogenschütze.
32. Der grüne Brand.
33. Gucumatz.
34. Hands up!
35. Der Hexer.
36. Im Banne des Unheimlichen.
37. In den Tod geschickt.
38. Das indische Tuch.
39. John Flack.
40. Der Joker.
41. Das Juwel aus Paris.
42. Kerry kauft London.
43. Der leuchtende Schlüssel.
44. Lotterie des Todes.
45. Louba der Spieler.
46. Der Mann, der alles wußte.
47. Der Mann, der seinen Namen änderte.
48. Der Mann im Hintergrund.
49. Der Mann von Marokko.
50. Die Melodie des Todes.
51. Die Milliongeschichte.
52. Mr. Reeder weiß Bescheid.
53. Nach Norden, Strolch!
54. Neues vom Hexer.
55. Penelope von der »Polyantha«.
56. Der Preller.
57. Der Rächer.
58. Der Redner.
59. Richter Maxells Verbrechen.
60. Der rote Kreis.
61. Der Safe mit dem Rätselschloß.
62. Die Schuld des Anderen.
63. Der schwarze Abt.
64. Der sechste Sinn des Mr. Reeder.
65. Die seltsame Gräfin.
66. Der sentimentale Mr. Simpson.
67. Das silberne Dreieck.
68. Das Steckenpferd des alten Derrick.
69. Der Teufel von Tidal Basin.
70. Töchter der Nacht.
71. Die toten Augen von London.
72. Die Tür mit den 7 Schlössern.
73. Turfschwindel.
74. Überfallkommando.
75. Der Unheimliche.
76. Die unheimlichen Briefe.
77. Der unheimliche Mönch.
78. Das Verrätertor.
79. Der viereckige Smaragd.
80. Die vier Gerechten.
81. Zimmer 13.
82. Der Zinker.

EDGAR WALLACE

Das Gesicht im Dunkel

THE FACE IN THE NIGHT

Kriminalroman

GOLDMANN VERLAG

Aus dem Englischen übertragen von
Elsa von Kraatz

Der Goldmann Verlag
ist ein Unternehmen der Verlagsgruppe Bertelsmann

Jubiläumsausgabe

Made in Germany · 1/90 · 20. Auflage
© der deutschen Übersetzung 1955 by Wilhelm Goldmann Verlag, München
Druck: Elsnerdruck, Berlin
Krimi 139
Ge · Herstellung: Klaus Voigt
ISBN 3-442-00139-6

1

Ein grauer Nebel begann sich über London herabzusenken, und der Mann, der am Portman Square vor Nummer 551 haltmachte, war nur undeutlich zu sehen. Er schien nicht ganz sicher auf den Füßen zu stehen, und sein Mund verzog sich zu einem häßlichen Grinsen, während er zu den dunklen Fenstern hinaufsah.

Er wollte die alten Burschen lehren, daß es nicht guttut, andere Leute zu übervorteilen. Warum sollte dieser Malpas ein üppiges Leben führen, während sein bester Agent sich kümmerlich durchschlug? Das fragte sich Laker jedesmal, wenn er betrunken war. Tatsächlich ließ seine ganze Erscheinung auf bittere Armut schließen: sowohl das lange, unrasierte Gesicht mit der diagonal von der Wange bis zur Mitte des Kinns verlaufenden Narbe, als auch sein kläglicher Anzug.

Nachdem er einen Augenblick auf seine plumpen Stiefel hinabgeblickt hatte, stieg er die Stufen hinauf und klopfte. Sofort fragte eine Stimme, die ganz aus der Nähe zu kommen schien: »Wer ist da?«

»Laker ist da!« erwiderte er laut.

Die Tür öffnete sich lautlos, und er trat ein. Ohne weiteres ging er durch die kahle Halle hindurch, die Treppe hinauf und stand gleich darauf in einem verdunkelten Zimmer. Die einzige Beleuchtung ging von einer grünbeschirmten Lampe auf dem Schreibtisch aus, an welchem ein alter Mann saß. Laker stand innerhalb der Schwelle und hörte, wie die Tür sich hinter ihm schloß.

»Setzen Sie sich«, sagte der Mann am andern Ende des Zimmers, und Laker ließ sich grinsend auf einem zwei Schritte entfernten Stuhl nieder.

»Wann sind Sie gekommen?«

»Heute morgen; mit der ›Buluwayo‹. Ich brauche Geld – und brauch' es rasch, Malpas.«

»Legen Sie das, was Sie bringen, auf den Tisch, und kommen Sie in einer Viertelstunde wieder, um das Geld zu holen.«

»Ich will es jetzt haben«, knurrte der Betrunkene trotzig.

Malpas wandte ihm sein scheußliches Gesicht zu. »Hier gilt nur mein Wille«, sagte er rauh. »Sie sind betrunken, und da sind Sie immer ein Narr.«

»Aber nicht so'n Narr, daß ich mich noch weiter in solche Gefahren begebe. Und Sie sind auch in Gefahr, Malpas! Sie wissen nicht, wer nebenan wohnt.«

Malpas zog seinen gesteppten Schlafrock enger zusammen und kicherte. »Sie Dummkopf! Als ob ich nicht nur deshalb hier wohnte, um in seiner Nähe zu ein.«

Der Betrunkene starrte ihn mit offenem Mund an. »Aber – er ist doch einer von denen, die Sie bestehlen. Er ist ein Dieb, aber Sie bestehlen ihn. Warum wollen Sie denn neben ihm wohnen?«

»Das ist meine Sache«, erwiderte der andere. »Legen Sie den Kram hin und machen Sie, daß Sie fortkommen!«

»Ich lasse nichts hier und geh' auch nicht weg, ehe ich genau über Sie Bescheid weiß, Malpas«, sagte Laker, indem er aufstand. »Um nichts und wieder nichts sitzen Sie nicht an einem Ende dieser dunklen Stube und lassen mich hier am andern Ende bleiben. Ich will Sie mir mal aus der Nähe ansehen, Freundchen. Und rühren Sie sich nicht. Sie können den Revolver in meiner Hand nicht sehen, aber er ist da, verlassen Sie sich drauf!«

Er machte zwei Schritte vorwärts und prallte zurück. Ein quer durchs Zimmer gespannter Draht, der im Dunkeln nicht zu sehen war, brachte ihn ins Wanken, und im selben Augenblick ging das Licht aus. Wütend stürzte er los, zerriß den Draht, hakte mit dem Fuß in einen zweiten, dicht über dem Boden befindlichen und schlug der Länge nach hin.

»Machen Sie Licht, Sie alter Halunke!« schrie er außer sich, als er wieder auf die Beine kam. »Sie bestehlen mich – Sie leben seit Jahren von mir! Rücken Sie Geld heraus, Sie Teufel, oder ich zeige Sie an!«

»Das ist das drittemal, daß Sie mir drohen!«

Die Stimme ertönte hinter ihm, und er fuhr wie rasend herum und schoß. Die mit Stoff bespannten Wände dämpften den Knall, aber beim Aufflammen des Schusses sah er eine Gestalt auf die Tür zuschleichen und drückte noch einmal ab.

»Machen Sie Licht!« brüllte er, aber schon öffnete sich die Tür, und er sah die Gestalt hinausschlüpfen. Im Nu hatte er die Treppe erreicht. Nichts zu sehen! Aber hinter ihm fiel die Tür mit leisem Knacken ins Schloß. Nun erblickte er eine andere Tür, warf sich dagegen und schrie umsonst nach Malpas. Keine Antwort! Er sah etwas am Boden liegen und hob es auf. Es war ein vortrefflich geformtes und gefärbtes wächsernes Kinn mit zwei Gummibändern, von denen eines zerrissen war. Darüber mußte er laut lachen.

»Malpas, ich hab' Ihr Kinn!« rief er aus. »Kommen Sie 'raus, sonst bring' ich Ihr spaßhaftes Kinn zur Polizei!«

Pause.

Als keine Antwort kam, ging er die Treppe hinab und versuchte, die Haustüre zu öffnen. Aber da war kein Griff, und das Schlüsselloch war so winzig, daß man nicht hindurchsehen konnte. Fluchend rannte er wieder die Treppe hinauf, und er hatte fast den ersten Absatz erreicht, als etwas herabfiel. Er blickte auf und gewahrte oben das häßliche Gesicht, sah dann ein schwarzes Gesicht fallen und versuchte, ihm auszuweichen. Eine Sekunde noch, und er glitt wie ein schwerfälliger Klumpen die Treppe hinab.

2

In der amerikanischen Botschaft fand ein Ball statt – schon seit einer Stunde brachten zahllose elegante Limousinen die vornehmen Gäste herbei. Eines der letzten Autos setzte einen gedrungenen, jovial aussehenden Herrn ab, der dem diensttuenden Schutzmann zunickte und gleich darauf die große Halle betrat.

»Oberst James Bothwell«, sagte er zu dem Diener, indem er auf die Salons zuging.

»Verzeihen Sie!« Ein gutaussehender, eleganter Mann im Frack nahm seinen Arm und führte ihn in ein kleines Vorzimmer.

Oberst Bothwell machte ein freundlich erstauntes Gesicht.

»Nein«, sagte der Fremde, »ich glaube nicht –«

»Mein lieber amerikanischer Freund«, wandte der Oberst ein, indem er sich loszumachen suchte, »Sie müssen sich geirrt haben.«

Der andere schüttelte sanft den Kopf. »Ich irre mich nie und bin, wie Sie sehr gut wissen, Engländer – ebenso wie Sie. Mein armer alter Slick, es tut mir leid.«

Slick Smith seufzte: »Aber ich habe eine Einladung, und wenn der Botschafter mich zu sehen wünscht –«

Captain Dick Shannon lächelte: »Er wünscht es nicht, Slick. Es würde ihm höchst unangenehm sein, einen gewandten englischen Dieb in erreichbarer Nähe von einer Million Dollar in Diamanten zu wissen. Oberst Bothwell von der 94. Kavalleriebrigade würde er gewiß gern die Hand drücken, aber den Juwelenräuber, Bauernfänger und Gelegenheitsdieb Slick Smith kann er hier wirklich nicht brauchen.«

Slick seufzte nochmals. »Schade!« murmelte er. »Dieses Halsband der Königin von Schweden hätte ich gern gesehen. Vielleicht wär's zum letztenmal gewesen! Ich besitze nämlich zu meinem Unglück einen Detektivinstinkt. Und dieses Halsband ist vorgemerkt, glauben Sie mir! Eine sehr geschickte Bande hat es aufs Korn genommen. Namen nenne ich natürlich nicht –«

»Ist sie hier in der Botschaft?« fragte Dick lebhaft.

»Ich weiß es nicht. Das wollte ich ja gern sehen. Ich bin darin wie ein Doktor – sehe gern bei Operationen zu. Dabei lernt man Sachen, die einem nie einfallen würden, wenn man nichts weiter als seine eigene Arbeit studierte.«

Dick Shannon sann einen Augenblick nach. »Warten Sie hier, und Hände weg vom Silber«, sagte er, ließ den entrüsteten Slick allein und drängte sich rasch durch die überfüllten Räume, bis er eine Stelle erreichte, wo der Botschafter mit einer hochgewachsenen, müde aussehenden Frau plauderte, zu deren Schutz Dick hierher beordert war.

An ihrem Hals flimmerte eine Kette, die bei jeder kleinen Bewegung funkelnde Blitze schoß. Shannon sah sich um und winkte einen jungen Mann herbei, der ein Monokel trug und eben mit einem der Legationssekretäre sprach.

»Steel«, raunte er ihm zu. »Slick Smith ist hier und behauptet, man würde versuchen, das Halsband der Königin zu ergattern.

Sie dürfen sie keine Sekunde aus den Augen lassen. Und sagen Sie irgendeinem Botschaftsbeamten, daß er die Liste der Gäste nachkontrolliert. Wenn sich ein Unbefugter findet, so bringen Sie ihn zu mir.«

Als er zu Slick zurückkehrte, fragte er ihn: »Warum sind Sie hier, wenn Sie von diesem Raubplan wußten? Auch wenn Sie nichts damit zu tun haben, wird man Sie natürlich in Verdacht haben.«

»Ja, das hab' ich mir auch gedacht«, erwiderte Slick. »Überhaupt, seit acht Tagen habe ich gelernt, was das Wort ›Beunruhigung‹ bedeutet.«

Die Tür zur Halle stand weit offen, so daß die beiden alle Ankömmlinge sehen konnten, und eben jetzt kam ein älterer Mann vorüber und neben ihm eine so auffallend schöne Frau, daß selbst der abgehärtete Slick große Augen machte.

»Ist das 'ne Schönheit! Martin Elton ist übrigens nicht hier. Seine Frau läuft viel mit Lacy herum.«

»Lacy?«

»Ja, der ehrenwerte Lacy Marshalt. Er ist Millionär, ein ganz gerissener, zäher Kerl. Kennen Sie sie, Captain?«

Dick nickte. Dora Elton war eine bekannte Persönlichkeit, die bei keiner Veranstaltung der mondänen Welt fehlte. Lacy Marshalt kannte er nur dem Namen nach. Gleich darauf geleitete er Slick Smith an die Haustür und wartete, bis ein Taxi mit ihm davongefahren war. Dann kehrte Shannon in den Ballsaal zurück.

Um ein Uhr brach die Königin auf, um in ihr Hotel am Buckingham Gate zurückzukehren, wo sie inkognito abgestiegen war. Dick Shannon blieb unbedeckten Hauptes stehen, bis die Schlußleuchten des Autos im Nebel verschwunden waren. Vorn saß ein bewaffneter Detektiv neben dem Chauffeur – Shannon zweifelte nicht daran, daß Ihre Majestät ungefährdet ihr Schlafgemach erreichen würde.

Nachdem er sich von dem dankbaren und sichtlich erleichterten Botschafter verabschiedet hatte, fuhr er nach Scotland Yard zurück, und zwar wegen des überaus dichten Nebels im Schneckentempo. Als er sein Auto nach allerhand Zwischenfällen in

9

den Hof gelenkt hatte, gab er Befehl, den Wagen in die Garage zu bringen.

»Ich werde lieber zu Fuß nach Hause gehen«, sagte er zu dem diensttuenden Beamten. »Es ist sicherer.«

»Der Inspektor hat nach Ihnen gefragt, Captain. Er ist nach dem Themse-Embankment gegangen. Sie suchen da nach der Leiche eines Mannes, der heute abend in den Fluß geworfen wurde«, meldete der Polizist.

»Geworfen?« wiederholte Dick. »Sie meinen gesprungen.«

»Nein, Captain. Eine Flußpatrouille fuhr an der Embankmentmauer entlang, als der Nebel noch nicht so dicht war wie jetzt, und da sahen sie, daß ein Mann aufgehoben und übers Geländer geschoben wurde. Der Sergeant pfiff sofort, aber es war gerade keiner von uns in der Nähe, und so kam es, daß der Kerl, der ihn hineingeworfen hat, entwischte. Sie suchen jetzt nach der Leiche. Der Inspektor trug mir auf, es Ihnen mitzuteilen.«

Shannon besann sich keine Sekunde, tappte durch den Nebel von dannen und stieß bald mit dem Inspektor zusammen.

»Ein Mord«, sagte dieser. »Eben haben sie die Leiche gefunden: Der Mann ist totgeschlagen worden, bevor er ins Wasser geworfen wurde. Wenn Sie die Stufen herunterkommen wollen, können Sie es sehen.«

»Wann ist es denn geschehen?«

»Heute – oder vielmehr gestern abend um neun herum. Jetzt ist es gleich zwei.«

Shannon ging hinunter und beugte sich über das dunkle Etwas, das ein Polizist mit seiner Taschenlampe beleuchtete.

»Die Taschen waren leer«, meldete der Sergeant, »aber sein Name wird sich leicht feststellen lassen – er hat 'ne große Messernarbe quer übers Gesicht.«

Als Dick mit dem Inspektor nach dem Yard zurückkehrte, herrschte dort mit einem Mal fieberhaftes Leben, denn soeben war eine Nachricht eingegangen, die jeden dienstfreien Detektiv aus dem Bett gescheucht hatte.

Das Auto der Königin von Schweden war an der finstersten Stelle der Mall überfallen und der Detektiv erschossen worden. Das Diamanthalsband der Königin war im Nebel verschwunden.

»Von den Hühnern hat jedes vier Shilling eingebracht«, berichtete die alte Frau Graffitt und zählte das Geld auf den Tisch.

Audrey Bedford rechnete rasch nach.

»Mit den Möbeln macht das siebenunddreißig Pfund, zehn Shilling«, sagte sie. »Reicht also gerade für den Hühnerfuttermann und Ihren Lohn und für meine Reise nach London.«

»Ein Pfund können Sie doch als Trinkgeld für mich zulegen«, bettelte Frau Graffitt weinerlich. »Ich hab' doch alles für Sie besorgt, seit Ihre liebe Mama starb, und –«

»Unsinn!« fiel ihr das junge Mädchen ins Wort. »Sie haben Ihr Schäfchen dabei wahrhaftig ins Trockene gebracht! Hühnerzucht lohnt sich nicht und wird sich niemals lohnen, wenn der Generalstabschef heimlichen Eierhandel betreibt.«

»Wo wollen Sie denn hin, Fräulein?« fragte Frau Graffitt, um auf ein weniger heikles Thema überzugehen.

»Ich weiß es noch nicht. Vielleicht nach London.«

»London ist 'ne fürchterliche Stadt«, bemerkte Frau Graffitt kopfschüttelnd. »Lauter Morde und Diebstähle –«

»Bei ›Diebstählen‹ fällt mir ein: Was ist eigentlich aus den letzten Hühnern geworden?« fiel Audrey ihr sanft ins Wort.

»Ach, die! Hab' ich Ihnen das Geld nicht gegeben? Ich muß es reinweg verloren haben.«

»Oh, dann brauchen wir nur den Gendarm zu holen, der versteht sich aufs Suchen«, sagte Audrey, worauf die alte Frau das Geld sofort fand und verdrießlich das Zimmer verließ.

Audrey sah sich im Zimmer um. Der Sessel, in dem ihre Mutter immer gesessen und mit harten Augen in den schwarzen Kamin gestarrt hatte, war von Audrey verbrannt worden. Ihren Vater hatte sie nie gesehen. Er war wohl ein schlechter Mensch gewesen, und wenn Audrey als Kind fragte: »Ist er tot, Mutter?« so lautete Frau Bedfords Antwort stets: »Hoffentlich!«

Ihre Schwester Dora hatte niemals solche unwillkommenen Fragen gestellt, aber sie war auch älter und teilte die unbarmherzigen Ansichten ihrer Mutter.

Audrey trank noch eine Tasse Tee, und dann war alles vorüber.

Sie ging durch den winterlichen Garten zum Friedhof, stand
eine Weile vor dem Grab, sagte halblaut: »Gott befohlen«, und
kehrte ins Haus zurück.

Anfang und Ende. Sie war nicht betrübt und auch nicht sehr
froh. Vor der Zukunft hatte sie keine Angst. Sie hatte eine gute
Erziehung genossen, viel gelesen, viel nachgedacht und sich an
langen Winterabenden mit Stenographie beschäftigt.

»'ne Masse Zeit!« brummte der Chauffeur, während er ihren
Koffer in den klapprigen, muffigen Wagen warf.

In diesem Augenblick erschien ein fremder Mann und sagte,
den Hut in der Hand: »Verzeihung, Fräulein Bedford – mein
Name ist Willitt. Könnte ich Sie heute abend nach Ihrer Rückkehr sprechen?«

»Ich kehre nicht zurück«, erwiderte Audrey.

»Nicht? Darf ich dann um Ihre Adresse bitten? Ich muß Sie
in – in einer sehr wichtigen Angelegenheit sprechen.«

»Eine Adresse kann ich Ihnen nicht geben. Aber wenn Sie mir
die Ihrige geben, werde ich Ihnen schreiben.«

Er kritzelte seine Adresse auf ein Blatt Papier; sie nahm es,
stieg ein und schlug die Wagentür zu.

Der Unfall ereignete sich an der Ecke von Ledbury Lane. Dick
Shannon nahm die Kurve zu knapp und schnitt den einen Kot-
flügel der alten Taxe wie mit einem Messer ab.

Audrey stand schon auf der schmutzigen Landstraße, als Dick
mit dem Hut in der Hand und reuigem Ausdruck auf seinem
hübschen Gesicht auf sie zugeeilt kam.

»Es tut mir furchtbar leid! Sie sind doch nicht verletzt?«

Er schätzte sie auf siebzehn Jahre, obwohl sie schon neunzehn
war. Sie war billig angezogen, der Mantel offenbar umgearbei-
tet. Auch ihr Pelzkragen war schäbig und abgenutzt. Diese Tatsachen entgingen ihm jedoch. Er blickte nur in ihr Gesicht, dessen
Schönheit ihm makellos erschien. Die Linie der Augenbrauen
vielleicht oder die Stellung der Augen, der geradezu vollkom-
mene Mund oder die Farbe und Beschaffenheit der Haut . . . Er

fürchtete sich davor, sie sprechen zu hören und seine Einschätzung einer Prinzessin in der ungebildeten Aussprache einer Landpomeranze aufgehen zu sehen.

»Nein, ich war nur ein wenig erschrocken. – Nun werde ich meinen Zug nicht erreichen.« Bekümmert blickte sie auf das beschädigte Vorderrad hinab.

Ihre Stimme verjagte seine Besorgnisse. Die Bettelprinzessin war eine Dame!

»Sie wollen zum Bahnhof von Barnham?« fragte er eifrig. »Da komme ich durch – und ich muß Ihrem armen Chauffeur doch auch Hilfe schicken.«

»Warum passen Sie nicht auf?« schimpfte der Taxifahrer zornig. »Ist die Landstraße denn nur für Sie da?«

Dick knöpfte seinen Mantel auf und tastete nach seiner Brieftasche. »Hier ist meine Karte, eine Banknote und meine Bitte um Entschuldigung«, sagte er. »Ich werde Ihnen Leute aus Barnham schicken. Und nun, mein Fräulein – wollen Sie sich mir anvertrauen?«

Sie stieg lächelnd ein, ihr Koffer wurde umgeladen, und Dick nahm seinen Sitz ein. »Darf ich Sie nach London fahren?« fragte er, als das Auto sich in Bewegung setzte.

»Ich glaube, ich möchte lieber mit der Bahn fahren. Es kann sein, daß meine Schwester an den Bahnhof kommt, um mich abzuholen.«

»Sie wohnen hier in der Gegend?«

»Ja, ich hatte eine Geflügelfarm in Fontwell. Aber von Hühnern kann ich nicht leben, und da hab' ich das alte Haus verkauft – oder vielmehr, die ganze Sache hat sich in Hypotheken aufgelöst.«

»Wie schön, daß Sie eine Schwester haben, die Sie an der Bahn erwartet«, sagte er in fast väterlichem Ton. Sie kam ihm so jung vor. »Ah, da sind wir ja schon in Barnham!« Er stieg mit ihr aus, trug ihr den jämmerlichen kleinen Koffer auf den Bahnsteig und bestand darauf, das Einlaufen ihres Zuges abzuwarten.

»Ihre Schwester lebt wohl in London?«

»Ja, in der Curzon Street.«

»Ist sie – ich meine: Ist sie da angestellt?«

»O nein. Sie ist verheiratet – mit Herrn Martin Elton.«

»Teufel auch!« entfuhr es ihm zu seinem Schrecken. Glücklicherweise wurde der Zug gerade gemeldet, und er lief weg, um ein paar Zeitschriften zu kaufen.

»Es ist furchtbar nett von Ihnen, Herr . . .? Ich heiße Audrey Bedford.«

»Den Namen werde ich nicht vergessen!« rief er ihr nach, denn der Zug setzte sich schon in Bewegung. Langsam kehrte er zu seinem Auto zurück. Frau Elton – und das war ihre Schwester!

Dora Elton war ja die Londoner Schwindlerin, der er mit heißem Eifer nachstellte.

4

Lacy Marshalt war einst Senator des Gesetzgebenden Rats von Südafrika gewesen und führte seitdem – zur großen Belustigung seines Kammerdieners Tonger – den Titel ›Der Ehrenwerte‹.

An einem trüben Morgen stand er am Fenster und starrte verdrießlich in den Regen hinaus, als Tonger hereinkam und die Post brachte. Marshalt griff nach einem blauen Brief, riß ihn auf und las: ›O. K. Niedergebrochen!‹

»Schick ihm zwanzig Pfund!« sagte er und warf den Brief seinem Diener zu.

Tonger las die Worte und bemerkte nachdenklich: »Ob der Brief wirklich aus Matjesfontain kommt?«

»Hast du den Poststempel nicht gesehen?« erwiderte Lacy Marshalt.

»Hm, ja! Hören Sie mal, Lacy, wer ist der Kerl, der nebenan wohnt?« fuhr Tonger fort. Malpas heißt er. Gestern sprach ich mit einem Polizisten, und der sagte, der Kerl wär' nicht richtig im Kopf, lebte ganz allein und verrichtete alle Hausarbeit selbst. Wer kann das sein?«

»Du scheinst ja mehr darüber zu wissen als ich«, knurrte Marshalt.

»Wenn er es nun wäre?« fragte Tonger nachdenklich.

Marshalt fuhr herum: »Mach, daß du 'rauskommst, du Esel!«

»Der Privatdetektiv, den Sie bestellt haben, wartet draußen«, sagte Tonger gleichmütig, und Lacy stieß einen Fluch aus.

»Warum hast du das nicht gleich gesagt! Du wirst alle Tage dümmer! Grinse gefälligst nicht so. Und bring den Mann herein!«

Ein schäbig aussehender Mann trat ins Zimmer und überreichte Lacy eine Fotografie. »Ich hab' sie gefunden«, sagte er, »und rasch diese Aufnahme gemacht. Das ist sie, und sie heißt Audrey Bedford. Ihre Mutter ist tot – seit fünf Jahren. Aber auch von der habe ich ein Bild – eine Gruppenaufnahme.« Er wickelte ein größeres Bild aus, und Lacy nahm es ihm rasch aus der Hand.

»Mein Gott! Ja, gleich als ich das Mädchen sah, hatte ich ein Gefühl –«

»Sie kennen sie also, Herr Marshalt?«

»Nein! Was treibt sie? Lebt sie allein?«

»Bis jetzt tat sie das, aber vor kurzem hat sie ihr Haus verkaufen müssen. Sie soll mittellos sein und ist gestern nach London abgereist.«

»Bildhübsch, nicht wahr?«

»Ja, ganz ungewöhnlich hübsch. Leider hatte ich das Pech, daß Captain Shannon im Gasthof von Fontwell abstieg, um einen Reifen auszuwechseln.«

»Wer ist Shannon?«

»Eins von den größten Tieren, die sie in Scotland Yard haben. Der neue Executive Commissioner. Aber was ich da in Fontwell vorhatte, hab' ich ihm nicht verraten. Er hat mich nur fürchterlich heruntergemacht, weil ich mich für einen Beamten vom Yard ausgegeben hatte.«

Lacy schien kaum zuzuhören. »Verschaffen Sie mir vor allem Fräulein Bedfords Adresse, und versuchen Sie, mit ihr bekannt zu werden. Geben Sie sich für einen Geschäftsmann aus, borgen Sie ihr Geld – aber hüten Sie sich davor, sie bange zu machen!« Er nahm ein halbes Dutzend Geldscheine aus der Tasche, knüllte sie zusammen und warf sie in die ausgestreckte Hand. »Bringen Sie sie einmal abends zu Tisch her«, sagte er leise.

Der andere machte große Augen und schüttelte den Kopf. »So was liegt mir nicht«, murmelte er.

»Ich will sie nur sprechen. Sie bekommen fünfhundert.«

»Fünfhundert? Na, ich werde sehen . . .«

Als der Mann fort war, trat Lacy ans Fenster.

Er rühmte sich, keine Furcht zu kennen. Rücksichtslos und reuelos war er über Menschenherzen hinweg zum Ziel geschritten. Frauen in drei Erdteilen fluchten seinem Andenken, und verbitterte Männer brüteten Rache. Er aber fürchtete nichts. Er haßte Dan Torrington und wußte nicht, daß Haß – Furcht in sich trägt!

5

Dick wurde von seinem Gehilfen Steel empfangen, als er heimkehrte, und seine erste Frage lautete: »Wissen Sie irgend etwas von Dora Eltons Verwandtschaft?«

»Hat sie denn Verwandte?« entgegnete Steel.

»Vielleicht weiß Slick darüber Bescheid. Ich habe ihn auf sechs Uhr herbestellt. Übrigens – ist die Leiche identifiziert worden?«

»Nein, aber nach seinen Schuhen und dem Tabakbeutel zu urteilen, ist er Ausländer – wahrscheinlich aus Südafrika. Er wird wohl mit der ›Buluwayo‹ oder der ›Balmoral Castle‹ angekommen sein. Haben Sie den Bognor-Mann wegen des Halsbandes der Königin gefragt?«

»Ja, aber er behauptet, daß er sich mit Elton verkracht hat und nicht weiß, was der vorhat. Eltons Haus wird doch bewacht, nicht wahr? – Gut, vor heute abend um drei Viertel neun wird wohl nichts vorfallen. Um die Zeit wird das Halsband die Curzon Street verlassen, und ich werde ihm persönlich nach seinem Bestimmungsort folgen, weil mir viel dran liegt, das fünfte – ausländische – Mitglied der Bande zu fassen. Dann werde ich Dora Elton endlich ertappen.«

»Warum nicht Bunny?« warf Steel ein.

»Oh, der hat wohl Mut, aber nicht die Art Mut, die man braucht, wenn man mit gestohlenem Gut durch London spaziert und weiß, daß die gesamte Polizei nach einem sucht. Das ist nichts für Bunny! Seine Frau wird die Geschichte versuchen.«

Dick sah nach der Uhr und murmelte: »Vor einer halben Stunde ist sie angekommen. Ich möchte wissen –«

In diesem Augenblick erschien Herr Slick Smith, wie immer sorgsam gekleidet, selbstbewußt und mit sorgloser Miene. Steel nickte ihm grinsend zu und verließ das Zimmer.

»Schön, daß Sie kommen, Slick!« sagte Shannon. »Sie haben recht behalten: Das Halsband ist weg – und Elton hat damit zu tun.«

Slick hob verwundert die Augenbrauen. »Wirklich? Du lieber Gott!«

»Was wissen Sie über Frau Elton?« fragte Dick und schob ihm die Whiskyflasche hin.

»Eine reizende Dame – ganz reizend! Früher war sie ein braves Mädchen, aber eine schlechte Schauspielerin. Sie muß Elton wohl geheiratet haben, um einen besseren Menschen aus ihm zu machen. So sind die guten Frauen nun mal!«

»Hat sie eine Schwester?« fragte Dick gespannt.

Herr Smith leerte sein Glas. »Wenn sie eine hat, so gnade ihr Gott!« war alles, was er sagte.

Unterdessen hatte Audrey eine Viertelstunde auf dem Victoriabahnhof verbracht und die Anschlagzettel über die Beraubung der Königin von Schweden studiert, während sie vergeblich auf Dora wartete. Schließlich ersuchte sie einen offenbar allwissenden Polizisten um Belehrung und benutzte einen von ihm empfohlenen Omnibus, um nach der Curzon Street zu fahren. Ein zierliches Hausmädchen machte ihr auf und sagte: »Frau Elton ist beschäftigt. Kommen Sie vielleicht von Seville?«

»Nein, ich komme aus Sussex«, erwiderte Audrey. »Bitte melden Sie Frau Elton, daß ihre Schwester hier ist.«

Das Mädchen führte sie in ein frostiges kleines Wohnzimmer und ließ sie dort allein. Audrey tröstete sich, indem sie sich sagte, daß ihr Brief, in dem sie Dora ihre bevorstehende Ankunft mitgeteilt hatte, bestimmt verlorengegangen sei. Die Schwestern standen sich nicht nahe. Dora war zur Bühne gegangen und hatte sich dann kurz vor dem Tod ihrer Mutter anscheinend ›gut‹ verheiratet. Sie war Audrey von jeher als gutes Beispiel vorgehalten worden, und obwohl sie ihre Mutter völlig vernachlässigt hatte, war und blieb sie in deren Augen bis zuletzt ein Muster an Vollkommenheit.

Die Tür öffnete sich plötzlich, und eine junge Frau trat herein. Sie war größer und blonder als Audrey und fast ebenso hübsch, wenn ihr Mund auch etwas hart war und die Augen keine Spur von Audreys lebhaftem Humor verrieten.

»Aber liebes Kind, wo, in aller Welt, kommst du denn her?« fragte sie voller Bestürzung, indem sie eine schlaffe, mit Ringen bedeckte Hand ausstreckte und dann Audreys Wange mit den Lippen streifte.

»Hast du meinen Brief nicht erhalten, Dora?«

»Nein. – Du bist ja gewachsen, Kind!«

»Ja, man wächst . . . Ich habe das Haus verkauft.«

Dora machte große Augen. »Warum denn das?«

»Es gehörte mir ja längst nicht mehr – war über und über mit Hypotheken belastet.«

»Und nun kommst du hierher? Das ist sehr dumm! Ich kann dich unmöglich zu mir nehmen.«

»Oh, wenn ich hier nur acht Tage lang schlafen könnte, Dora – bis ich Arbeit gefunden habe.«

Dora ging mit gerunzelter Stirn auf und ab. Sie trug ein elegantes Nachmittagskleid, dessen Wert ihrer Schwester für einen ganzen Monat bequemen Unterhalt verschafft hätte, und ihre Perlenkette und Diamantenohrringe waren ein kleines Vermögen wert.

»Ich habe Gäste – zum Tee«, sagte sie, »und heute abend ein kleines Dinner. Was soll ich mit dir anfangen – so wie du angezogen bist! Geh lieber in ein Hotel, schaff dir elegante Sachen an und komm Montag wieder.«

»Das würde mehr Geld kosten, als ich besitze«, erwiderte Audrey ruhig.

Dora kniff die Lippen zusammen. »Wie kannst du denn nur so aus blauem Himmel hier ins Haus schneien!« rief sie aus. »Na, warte hier – ich will mit Martin sprechen.«

Audrey blickte ihr lächelnd nach. Das war einmal wieder echt Dora! Anders hatte sie es sich gar nicht vorgestellt. Sie wartete

eine ganze Weile, bis Dora mit verwandelter, gekünstelt freund-
licher Miene zurückkehrte.

»Martin findet, daß du hierbleiben mußt«, sagte sie und führte
ihre Schwester zwei Treppen hinauf in ein nettes Fremdenzim-
mer.

»Du hast hier in London wohl gar keine Bekannte?« fragte
sie, während sie Licht machte.

»Nein«, sagte Audrey. »Was für ein niedliches Zimmer!«

»Ich war vorhin wohl recht garstig, mein Herz«, fuhr Dora
fort und legte eine Hand auf Audreys Arm. »Aber du bist mir
nicht böse, was? Du hast Mutter ja versprochen, für mich zu tun,
was du nur könntest.«

»Du weißt, daß ich es tun würde«, erwiderte Audrey bewegt.

Dora streichelte ihren Arm und sagte fröhlich: »Unsere Gäste
brechen schon auf. Du mußt herunterkommen und Herrn Stanford und Martin kennenlernen.«

Als sie wieder im Salon erschien, sagte ihr Mann: »Ich weiß
doch nicht recht, ob es nicht besser wäre, sie in ein Hotel zu
schicken.«

Dora lachte: »Ihr habt euch beide den ganzen Nachmittag den
Kopf zerbrochen, wie wir das Ding zu Pierre hinschaffen sollen.
Keiner von euch wollte sich der Gefahr aussetzen, mit dem Hals-
band der Königin von Schweden gefaßt zu werden –«

»Nicht so laut, du Närrin!« knurrte Elton zwischen den
Zähnen.

»Hör sie an!« rief Big Stanford gebieterisch. »Ich kann mir
denken, was du meinst. Wer soll das Halsband hinbringen?«

»Wer? Meine liebe Schwester natürlich!« erwiderte Dora kühl

6

Big Bill war keineswegs sentimental, murmelte aber doch:
»Wenn sie nun gefaßt wird – und uns angibt?«

»Das ist mein einziges Bedenken, und es ist nur gering«, lautete Doras Antwort.

Der große Mann starrte einen Augenblick vor sich hin. Dann sagte er: »Das Ding muß aus dem Haus. Schließ die Tür zu, Dora!«

Sie gehorchte. Auf dem Kaminsims stand eine wunderschöne emaillierte Uhr, auf der sich eine kleine Faunsgestalt befand. Indem er diesen Faun fest umfaßte, hob Stanford den größten Teil des Innern der Uhr heraus, was diese nicht daran hinderte, ruhig weiterzuticken. Ein leiser Druck auf eine Feder genügte, um eine Seite des Bronzekastens zu öffnen und ein genau hineinpassendes Stanniolpaket zu zeigen. Dies legte er auf den Tisch, und sobald er es auspackte, flammte ein solches Geflirr von blauen, grünen und reinweißen Blitzen auf, daß Doras Mund sich vor Staunen und Bewunderung weit öffnete.

»Da liegen siebzigtausend Pfund«, sagte Stanford gedankenvoll, »und da liegen auch zehn Jahre für irgend jemand – sieben für Diebstahl und drei für Majestätsbeleidigung.«

Der elegante Martin Elton schauderte. »Sprich nicht von so etwas!« sagte er. »Jetzt handelt es sich nur darum, wer das Ding fortbringt.«

»Audrey natürlich«, erklärte Dora gelassen. »Kein Mensch kennt sie, und niemand hegt Verdacht gegen sie. Und Pierre ist leicht zu erkennen. Aber dann auch Schluß mit so etwas, Martin. Bedenke: Der Krug geht so lange zum Brunnen, bis –«

»Vielleicht macht Lacy Marshalt ihn zum Direktor«, höhnte Stanford.

»Ich kenne den Mann ja kaum«, versetzte Dora. »Bunny, ich erzählte dir ja, daß ich ihn auf dem Ball bei Denshores getroffen habe. Er ist Südafrikaner und steinreich, aber unerhört geizig.«

»Zur Sache!« rief Stanford ungeduldig. »Was soll werden – wenn sie gefaßt wird? Elton, nach der Geschichte in Leyland Hall ließest du den Kram doch durch einen Mann aus Bognor aus dem Lande schaffen. Erinnerst du dich? Nun, mit diesem Freund aus Bognor hat Dick Shannon sich heute stundenlang unterhalten.«

Martins hübsches, blasses Gesicht wurde noch bleicher. »Er wird nichts verraten«, murmelte er.

»Wer weiß! Wenn einer ihn dazu bringt, so ist es Shannon.«

»Ja, das Ding muß weg!« sagte Dora. »Pack es ein, Martin.«

Er machte sich an die Arbeit, wickelte das Halsband in Watte, legte es in eine alte Zigarrenschachtel, die er mit braunem Papier umhüllte, schnürte es mit Bindfaden zu und legte es hinter ein Sofakissen, worauf die Standuhr wieder in Ordnung gebracht wurde.

»Und wenn das Mädchen gefaßt werden sollte – wird sie schwatzen?« fragte Stanford.

Dora sann einen Augenblick nach. »Nein, ganz bestimmt nicht!« sagte sie dann und ging hinauf, um ihre Schwester zu holen.

Als Audrey ins Zimmer trat, fiel ihr Blick zuerst auf einen großen, breitschultrigen Mann mit ganz kurz geschorenem Haar, der sie mit ernsten, strengen Augen ansah.

»Herr Stanford«, sagte Dora, »und dies ist mein Mann.«

Verwundert betrachtete Audrey den zierlichen, geckenhaften Herrn Elton, dessen bleiche Gesichtsfarbe durch das schwarze Schnurrbärtchen und die kohlschwarzen Augenbrauen noch mehr hervorgehoben wurde. Das war also der vielgepriesene Martin!

»Sehr erfreut, dich zu sehen, Audrey!« sagte er und starrte sie voller Bewunderung an. »Entzückend, Dora!«

»Ja, hübscher als früher«, erwiderte diese gleichgültig, »aber fürchterlich angezogen.«

Audrey wurde nicht leicht verlegen, aber der unverwandte Blick des großen Mannes, der sie geradezu durchbohrte und abschätzte, war ihr unbehaglich, so daß sie froh war, als er sich verabschiedete. Martin begleitete ihn hinaus, um Dora Gelegenheit zu geben, ihre Geschichte vorzubringen.

Sie erzählte von einer mißhandelten Frau, die sich genötigt gesehen hätte, aus Angst vor ihrem brutalen Gatten das Land zu verlassen und nicht einmal Zeit gehabt hätte, das Bild ihres Kindes mitzunehmen.

»Dieses Bild haben wir uns verschafft«, fuhr sie fort. »Nach dem Buchstaben des Gesetzes waren wir wohl nicht dazu berechtigt, aber die arme Mutter tat uns so leid, und da hat Martin einen Diener des Hauses durch ein Trinkgeld bewogen, uns das Bild zu bringen. Nun scheint der Mann die Sache aber zu ahnen und läßt uns Tag und Nacht beobachten, so daß wir es nicht wagen, das Bild durch die Post oder durch Boten fortzuschicken. Heute kommt nun ein Freund von der armen Lady Nilligan nach London, und wir haben verabredet, ihn auf dem Bahnhof zu treffen, um ihm das Bild zu geben. Nun ist die Frage – würdest du wohl so lieb sein, es ihm hinzubringen, Audrey? Dich kennt hier niemand, die Spürhunde werden dich nicht belästigen, und du kannst einer bedauernswerten Frau einen großen Dienst erweisen.«

»Aber – was für eine sonderbare Geschichte!« rief Audrey stirnrunzelnd aus. »Könnt ihr denn nicht einen Dienstboten schicken? Oder kann der Mann nicht herkommen?«

»Ich sage dir doch, daß unser Haus bewacht wird!« entgegnete Dora ungeduldig. »Aber natürlich – wenn du nicht willst – «

»Selbstverständlich werde ich es tun«, lachte Audrey.

»Wie nett von dir! Nun nur noch eins: Falls die Sache doch herauskommen sollte, darfst du unsern Namen nicht nennen. Ich bitte dich, schwöre mir beim Andenken unserer verstorbenen Mutter –«

»Das ist nicht nötig«, fiel Audrey ihr kühl ins Wort. »Ich verspreche es dir – das genügt.«

Aus dem kleinen Dinner, von dem Dora gesprochen hatte, schien nichts geworden zu sein, denn um halb neun Uhr kam Dora zu ihrer Schwester hinauf und übergab ihr ein längliches, fest verschnürtes und versiegeltes kleines Paket.

Sie beschrieb ihr den geheimnisvollen Pierre aufs genaueste und fügte hinzu: »Vor allem also – du kennst mich nicht und hast das Haus Curzon Street 508 nie in deinem Leben betreten. Zu dem Mann sagst du nichts weiter als: ›Dies ist für Madame.‹«

Audrey wiederholte den Satz und meinte: »Was für Umstände um eine solche Kleinigkeit. Ich komme mir vor wie eine Verschwörerin.«

Nachdem sie das Päckchen in einer inneren Manteltasche verborgen hatte, verließ sie das Haus und ging rasch in Richtung Park Lane davon. Gleich nach ihr verließ Martin das Haus, behielt sie im Auge, bis sie in einen Omnibus stieg und folgte ihr dann in einem Taxi.

Vor dem Charing-Gross-Bahnhof stieg Audrey aus und eilte in die große Halle. Es wimmelte von Menschen, so daß es eine Weile dauerte, bis sie Herrn Pierre entdeckte, einen untersetzten, flachsbärtigen kleinen Mann mit einem Muttermal auf der linken Wange, das ihr als Erkennungszeichen dienen sollte. Ohne weiteres holte sie das Paket hervor, ging auf ihn zu und sagte halblaut: »Dies ist für Madame.«

Er blickte sie forschend an und ließ das Paket so schnell in seine Tasche gleiten, daß sie seiner Bewegung kaum zu folgen vermochte.

»Bien!« sagte er. »Wollen Sie Monsieur danken und –«

Er fuhr blitzschnell herum, aber der Mann, der sein Handgelenk umfaßt hatte, ließ sich nicht abschütteln. Im selben Augenblick schob jemand seinen Arm unter den Audreys.

»Kommen Sie mit, meine Liebe«, sagte eine freundliche Stimme. »Ich bin Captain Shannon von Scotland Yard.«

Plötzlich stockte er und starrte entsetzt auf das erschrocken zu ihm emporgewandte Gesicht hinab.

»Meine Bettelprinzessin!« stieß er mit versagender Stimme hervor.

»Bitte, lassen Sie mich los!« Sie hatte entsetzliche Angst, so daß ihr eine Sekunde lang ganz elend zumute wurde.

»Ich muß zu –« Sie verstummte noch rechtzeitig.

»Sie wollen natürlich zu Frau Elton in der Curzon Street?« half Shannon nach.

»Nein, zu Frau Elton nicht. Ich kenne keine Frau Elton«, erwiderte sie atemlos.

Er schüttelte den Kopf. »Ich fürchte, darüber werden wir noch sprechen müssen. Ich möchte Ihren Arm nicht festhalten. Wollen Sie so mitkommen?«

»Sie – Sie verhaften mich?« keuchte sie.

Er nickte ernst. »Ich muß Sie leider festnehmen – bis eine gewisse Angelegenheit aufgeklärt ist. Ich bin fest überzeugt, daß Sie ganz unwissentlich gehandelt haben, und ebenso überzeugt, daß Ihre Schwester nicht unschuldig ist.«

Dora! War es Dora, von der er so sprach? Das Herz wurde ihr bleischwer, aber sie nahm sich zusammen und erwiderte mühsam: »Ich will gern mit Ihnen sprechen und keinen Fluchtversuch machen. Aber ich komme nicht von Frau Elton, und sie ist nicht meine Schwester. Als ich das heute nachmittag behauptete, flunkerte ich.«

Gleich darauf fuhr sie in einer Taxe mit ihm davon.

»Sie lügen, um Ihre Schwester und Bunny Elton zu schützen«, sagte er. »Es ist mir schrecklich, Ihnen gegenüber das Wort ›lügen‹ zu gebrauchen, aber das tun Sie, mein Kind!«

In ihrem Gehirn ging alles rundum. Nur eine Tatsache trat klar aus dem Wirbel hervor. Es war kein Bild gewesen, was sie für Dora besorgen sollte. Es war etwas viel Wichtigeres – etwas Entsetzliches!

»Was ist in dem Paket?« fragte sie tonlos.

»Das Diamantenhalsband der Königin von Schweden, wenn ich mich nicht sehr irre. Man hat ihr Auto vor vier Tagen überfallen und ihr das Kollier vom Halse gerissen.«

Audrey richtete sich auf. Ihr Gesicht verzerrte sich schmerzlich. Ihr war, als ob er sie geschlagen hätte. Dora! Wie gelähmt vor Grauen saß sie da.

»Sie wußten natürlich nicht, was es war«, sagte er wie im Selbstgespräch. »Es ist eine schreckliche Zumutung, aber Sie müssen die Wahrheit sagen – auch wenn es für Ihre Schwester ein Schicksal bedeutet, das sie längst erwartet.«

Das Auto schien sich im Kreis zu drehen. ›Tu alles, was du kannst, für Dora . . . Die beharrliche Mahnung ihrer Mutter dröhnte ihr in den Ohren. Sie zitterte heftig, ihr Gehirn war wie gelähmt. Nur eines war ihr klar: Sie war verhaftet – sie, Audrey Bedford! Sie fuhr mit der Zunge über die trockenen Lippen.

»Ich habe keine Schwester«, log sie, schwer atmend. »Ich stahl das Halsband.«

Sie hörte sein weiches Lachen und hätte ihn ermorden mögen.

»Sie armes, liebes Baby!« sagte er. »Der Überfall wurde von drei erfahrenen Räubern ausgeführt. Nun hören Sie mich an! Ich werde Ihnen nicht gestatten, Ihren tollen Don-Quichotte-Vorsatz in die Tat umzusetzen. Wußten Sie denn nicht, daß Dora Elton und ihr Mann zu den gefährlichsten Londoner Dieben gehören?«

Sie weinte, beide Hände vor dem Gesicht. »Nein, nein!« schluchzte sie. »Ich weiß nichts . . . Sie ist nicht meine Schwester.«

Dick Shannon seufzte. Ihm blieb nichts anderes übrig, als sie zu verhaften.

Pierre war schon vor ihnen eingetroffen, und sie sah voller Grausen zu, während man ihn durchsuchte, das Paket öffnete und seinen funkelnden Inhalt auf den Schreibtisch legte. Dann führte Shannon sie mit sanfter Hand vor die Schranke.

»Name: Audrey Bedford«, sagte er. »Adresse: Fontwell, West Sussex. Bezichtigt –« Er stockte. »Bezichtigt, im Besitz gestohlenen Gutes zu sein, von dem sie wußte, daß es gestohlen ist. – Nun sagen Sie die Wahrheit!« flüstere er ihr zu.

Sie schüttelte den Kopf.

7

Audrey erwachte aus unruhigem Schlaf, erhob sich mühsam auf unsicheren Füßen und rieb sich die schmerzenden Schultern. Sie hatte, nur mit einer dünnen Decke zugedeckt, auf einer Holzpritsche gelegen, und alles tat ihr weh. Das Geräusch eines Schlüssels in der Zellentür hatte sie geweckt. Es war die Aufseherin, die sie in einen Waschraum führte. Als sie etwas erfrischt zurückkehrte, standen Kaffee und Butterbrote schon bereit, und sie war eben mit dem Frühstück fertig, als die Tür wieder aufging und ihr Blick den Augen Dick Shannons begegnete.

»Bitte kommen Sie mit«, sagte er sanft.

»Vor – vor den Richter?« stammelte sie.

»Noch nicht. Aber schließlich wird es wohl dazu kommen, wenn Sie nicht –«

Sie machte eine ungeduldig abwehrende Handbewegung, denn sie hatte die Sache in der nächtlichen Stille endgültig mit sich abgemacht.

Dem Mann tat das Herz weh. Er wußte genau, daß sie unschuldig war, und er hatte jemand nach Sussex geschickt, damit er diese Tatsache, wie er hoffte, einwandfrei beweisen konnte.

»Hier ist jemand, den Sie kennen«, sagte er, indem er sie in ein Zimmer führte.

Dort standen zwei Personen: Dora Elton und ihr Mann. Audrey bohrte die Nägel in ihre Handflächen und bewahrte ihre Fassung auf erstaunliche Weise.

»Kennen Sie dieses Mädchen?« fragte Dick.

»Nein, ich habe sie noch nie gesehen«, erwiderte Dora mit unschuldiger Miene. Auch ihr Mann gab dieselbe Versicherung ab.

»Ich denke, es ist Ihre Schwester«, sagte Dick.

Dora lachte. »Ich habe nur eine Schwester, und die ist in Australien.«

»Wissen Sie nicht, daß Ihre Mutter und Ihre Schwester in Fontwell lebten?«

»Meine Mutter hat niemals in Fontwell gewohnt«, sagte Dora ruhig. »Da lebten Leute, die ich unterstützte. Wenn dies eine Tochter jener Frau ist, so ist sie mir vollkommen fremd.«

Während sie sprach, hielt sie die Augen wie hilfesuchend auf Audrey gerichtet, und diese wurde sich plötzlich darüber klar, daß Doras Geschichte gar nicht unwahrscheinlich war. Sie hatte unter ihrem Bühnennamen geheiratet, und es war durchaus möglich, daß man sie in Fontwell nicht als Frau Bedfords Tochter erkennen würde, denn sie war niemals wieder dort gewesen, und ihre Mutter gehörte zu der Art von verschlossenen Naturen, die keine Vertrauten haben.

»Was Frau Elton sagt, ist wahr«, erklärte Audrey ruhig. »Ich kenne sie nicht, und sie kennt mich auch nicht.«

Dick Shannon öffnete die Tür, und Audrey wurde draußen wieder von der Aufseherin in Empfang genommen. Als sie fort war, trat er auf die Eltons zu.

»Ich weiß nicht, wie lange sie dies durchführen wird«, sagte er. »Aber wenn sie dabei bleibt, kommt sie ins Gefängnis. Und nun will ich Ihnen etwas sagen. Wenn dieses Kind ins Gefängnis geschickt wird – wenn Sie es zugeben, daß sie sich für Sie aufopfert, werde ich mir weder bei Tag noch bei Nacht Ruhe gönnen, bis ich Sie beide hinter Gitter gebracht habe.«

»Sie scheinen zu vergessen, mit wem Sie sprechen!« entgegnete Dora mit blitzenden Augen.

»Ich weiß, daß ich mit zwei völlig skrupellosen, völlig verdorbenen, völlig herz- und seelenlosen Leuten spreche«, sagte Dick. »Hinaus mit Ihnen!«

Lacy Marshalt saß in seinem Frühstückszimmer. Eine Zeitung war vor ihm aufgebaut, und er verglich eine Fotografie mit der Momentaufnahme eines Pressefotografen: ein aus dem Auto steigendes Mädchen zwischen einem Polizisten und einer Gefängnisaufseherin, im Hintergrund neugierige Zuschauer.

Tonger kam hereingeschlüpft. »Haben sie geklingelt, Lacy?«

»Ja, vor zehn Minuten. Und nun ein für allemal: Ich verbitte mir diese Anrede!«

Der kleine Mann rieb sich vergnügt die Hände. »Hab' 'nen Brief von meinem Mädel«, sagte er. »Sie ist in Amerika und ist gut bei Kasse – wohnt in den ersten Hotels. Ein geriebenes Ding.«

Lacy faltete die Zeitung zusammen und warf sie auf den Fußboden. »Frau Elton wird gleich hiersein. Sie kommt durch die Hintertür. Erwarte sie da und führe sie durch den Wintergarten in die Bibliothek. Wenn ich klingle, bringst du sie wieder auf demselben Weg zurück.«

Als Dora nach kaum fünf Minuten in der Bibliothek erschien, stand Lacy vor dem Kaminfeuer.

»Ich habe meine liebe Not gehabt, um herzukommen«, sagte sie. »Konnte es nicht nachmittags sein? Ich mußte Martin allerlei vorlügen. Bekomm' ich einen Kuß?«

Er bückte sich und streifte ihre Wangen mit den Lippen.

»Was für ein Kuß« spottete sie. »Nun, und . . .?«

»Dieser Juwelenraub«, sagte er. »Die Polizei scheint zu glauben, daß jenes angeklagte Mädchen deine Schwester ist?«

Sie schwieg.

»Ich weiß natürlich, daß du eine Diebin bist. Deinen Mann kenne ich von Südafrika her, und er gehört zu deiner Bande. Aber dieses Mädchen – hängt sie auch damit zusammen?«

»Das wirst du selbst am besten wissen«, erwiderte sie unmutig. »Übrigens, hinten stand ein Mann und beobachtete dieses Haus, als ich herkam.«

»Dieses Haus? Was für ein Mann?«

»Er sah aus wie ein Gentleman, mager und vornehm – und er hinkte –«

»Was?« Lacy packte sie am Arm. Er war leichenblaß. »Du lügst!«

Sie riß sich erschrocken los. »Lacy! Was ist mit dir?«

»Ach was – nichts als Nerven! Das Mädchen ist also deine Schwester?«

»Meine Stiefschwester«, murmelte sie.

»Das soll heißen, daß ihr verschiedene Väter hattet?«

Sie nickte.

Er schwieg eine Weile. Dann lachte er finster. »Sie geht also ins Gefängnis – um dich zu retten? Nun mir ist's recht. Ich kann warten.«

Vier Wochen später, an einem strahlenden Märzmorgen, stand ein blasses Mädchen vor dem Richter in Old Bailey, um ihr Urteil entgegenzunehmen.

Als Dick Shannon schweren Herzens herauskam, begegnete er Slick Smith und fragte: »Na, waren Sie auch drin, Slick? Was meinen Sie zu dem Fall?«

»Oh, ein kleines Fräulein Don Quichotte!«

»Ach ja«, seufzte Dick.

»Aber sie wird herauskommen, wie sie hineinkam – süß! Die Sorte wird nicht leicht sauer. Sagen Sie, Shannon, kennen Sie einen Mann namens Malpas?«

Dick, der trübe vor sich hingestarrt hatte, zuckte zusammen. »Ja, ein verrückter alter Mann, wohnt am Portman Square. Warum?«

»Er hat irgend etwas damit zu tun«, flüsterte Slick, aber im selben Augenblick winkte ein Beamter Shannon, und dieser eilte in den Saal zurück, um das Urteil zu hören.

»Wie alt sind Sie?« fragte der Richter.

»Neunzehn, Mylord.« Es war Shannon, der sprach. »Und ich darf erklären, daß dieses junge Mädchen unserer Überzeugung nach ein unschuldiges Opfer nicht verhafteter Personen ist.«

Der Richter schüttelte den Kopf.

»Das Beweismaterial spricht dagegen. Es ist furchtbar, ein so junges Mädchen in solcher Lage zu sehen, aber ich würde meine Pflicht vernachlässigen, wenn ich nicht streng gegen eine so gefährliche Person vorginge. Audrey Bedford, Sie werden auf zwölf Monate ins Gefängnis gehen.«

8

An einem trüben Dezembermorgen öffnete sich eine Pforte des Holloway-Gefängnisses, und ein junges Mädchen in braunem Samtmantel kam heraus und ging, ohne sich umzusehen, in Richtung Camden Town von dannen. Sie stieg in eine Straßenbahn, und im selben Augenblick sauste Shannons langer Sportwagen vorüber, ohne daß sie es bemerkte. Er kam drei Minuten zu spät.

Sie hatte ein paar Shilling Arbeitslohn übrigbehalten. Am Euston-Bahnhof stieg sie aus. Ihr Gesicht war ein wenig schmaler geworden, und die Augen blickten ernster, aber es war die alte Audrey, die sich in einem Restaurant eine große Portion gebratene Niere mit Ei bringen ließ. Neun Monate lang hatte das Gefängniseinerlei ihre Seele zermahlen. Zweiundsiebzig Stunden jede Woche hatte sie mit dem verkommenen Abschaum der Unterwelt verbracht, ohne auf sein Niveau hinabzusinken und ohne sich ihnen maßlos überlegen zu fühlen. Es hatte bittere Nächte gegeben, in denen die an ihr begangene Gemeinheit sie überwältigte und in denen sie die Augen vor der scheußlichen Wirklichkeit schloß. Nächte, in denen das Bewußtsein ihrer Lage sie an den Rand des Wahnsinns brachte.

Dennoch kam Doras Handlungsweise ihr nicht unnatürlich vor. Das Ganze sah Dora gar zu ähnlich. Nur der Gedanke, daß Doras Charakter soviel Ähnlichkeit mit dem ihrer Mutter hatte, verursachte ihr Schmerz. Seufzend stand sie auf und ging an die Kasse, um zu bezahlen.

Wo sollte sie nun hin? Zuerst zu Dora, um sich zu vergewissern, ob sie ihr auch nicht mit ihren Gedanken Unrecht getan habe. Aber bei Tage ging das nicht, das wäre nicht angebracht gewesen. So verbrachte sie denn einige Stunden mit Wohnungssuche, mietete schließlich ein hochgelegenes Hinterzimmer und begab sich nach Dunkelwerden auf den Weg.

In der Curzon Street wurde sie von demselben Mädchen empfangen, das ihr damals geöffnet hatte.

»Frau Elton ist nicht zu sprechen«, sagte sie schnippisch. Aber Audrey trat ruhig ein.

»Gehen Sie hinauf und sagen Sie ihrer Herrin, daß ich hier bin«, sagte sie.

Das Mädchen rannte nach oben, und Audrey folgte ihr. An der Wohnzimmertür kam Dora ihr, hübsch und elegant wie immer, entgegen.

»Wie kannst du dich unterstehen hierherzukommen?« fragte sie mit funkelnden Augen.

Audrey schloß die Tür hinter sich und trat auf sie zu. »Ich wollte mir deinen Dank holen«, sagte sie schlicht. »Ich habe etwas Törichtes – etwas Wahnsinniges getan, weil ich Mutter vergelten wollte, was ich ihr schuldig war und vielleicht noch nicht vergolten hatte.«

»Ich verstehe nicht, wovon du sprichst«, versetzte Dora errötend.

Jetzt mischte sich der geckenhafte Martin ins Gespräch. »Daß Sie die Stirn haben hierherzukommen! Sie versuchten, uns mit ins Verderben zu ziehen. Sie haben Ihre – haben Frau Elton mit Schande bedeckt und kommen dann ganz harmlos hier ins Haus. Verdammt unverfroren!«

»Wenn du Geld brauchst, so schreibe!« rief Dora, indem sie die Tür aufriß. »Wenn du noch einmal herkommst, lasse ich einen Polizisten holen.«

»Tu es gleich jetzt«, sagte Audrey kühl. »Mit Polizisten und Gefängniswärtern bin ich zu gut bekannt, um mich einschüchtern zu lassen, liebe Schwester.«

Dora machte die Tür rasch wieder zu.

»Wenn du es durchaus wissen willst – wir sind keine Schwestern«, sagte sie mit leiser, tückischer Stimme. »Du bist nicht einmal Engländerin! Dein Vater war Mutters zweiter Mann – ein Amerikaner! Und er sitzt lebenslänglich verurteilt in Kapstadt!«

Audrey tastete nach einer Stuhllehne.

»Das ist nicht wahr«, erwiderte sie.

»Es ist wahr – es ist wahr!« zischte Dora. »Mutter erzählte es mir, und Herr Standford kennt die ganze Geschichte. Dein Vater kaufte gestohlene Diamanten und schoß auf den Mann, der ihn verriet. Er brachte Schande über Mutter – sie nahm einen andern Namen an und kehrte nach England zurück. Du hast nicht einmal ein Recht auf den Namen Bedford! Sie haßte den Mann so, daß sie –«

Audrey nickte. »Mutter verließ ihn natürlich«, murmelte sie wie im Selbstgespräch vor sich hin. »Sie blieb nicht in seiner Nähe, um ihm den Trost und das Mitgefühl zu gönnen, die eine Frau dem verkommensten Menschen gönnen würde. Sie verließ ihn einfach. Wie ihr das ähnlich sieht!«

Aus ihren Worten sprach keine Spur von Bosheit oder Erbitterung. Audrey hatte die Gabe, die Dinge im wahren Licht zu sehen. Sie hob die Augen ganz langsam, bis sie denen Doras begegneten.

»Ich hätte nicht ins Gefängnis gehen sollen«, sagte sie. »Du bist es nicht wert. Und Mutter ebensowenig!«

»Du unterstehst dich, so von Mutter zu sprechen?« schrie Dora wütend.

»Ja. Sie war auch meine Mutter. Sie steht über meiner Kritik und deiner Verteidigung. – Wie heiße ich denn?«

»Finde es nur selbst heraus!« höhnte Dora.

»Ja. Ich werde Herrn Shannon fragen«, sagte das junge Mädchen.

Das war ihr einziges boshaftes Wort. Aber es war der Mühe wert, zu sehen, wie die beiden Gesichter sich veränderten.

9

Dick Shannon bewohnte ein Stockwerk am Haymarket, das sein Assistent ›Den neuesten Scotland Yard‹ zu nennen pflegte, weil die ›großen Fünf‹ dort oft Beratungen hielten. Am Tag nach Audreys Entlassung aus dem Gefängnis waren dort nur Inspektor Lane, Steel und Dick selbst versammelt.

»Sie haben sie verfehlt?« fragte der Inspektor.

Dick nickte seufzend. »Aber da sie vorzeitig entlassen wurde, muß sie sich melden, und das wird man mir sofort berichten. Wie steht es denn mit Malpas?«

»Er ist ein Rätsel«, erwiderte Lane, »und sein Haus erst recht. Er bewohnt es seit mehreren Jahren, und noch kein Mensch hat ihn gesehen. Seine Rechnungen bezahlt er prompt, und er hat gleich nach seinem Einzug eine gehörige Summe für allerlei Anlagen im Haus ausgegeben: elektrische Leitungen, Alarmanlagen und verschiedene andere Mätzchen. Eine große Turiner Firma hat da lange gearbeitet.«

»Und Dienstboten hat er nicht?«

»Nein, und das ist das sonderbarste. Nahrungsmittel kommen nicht ins Haus, woraus hervorgeht, daß er entweder verhungern oder ausgehen müßte. Ich habe es von vorn und hinten beobachten lassen, aber ihn hat keiner von meinen Leuten zu sehen bekommen, obwohl sie verschiedene seltsame Dinge bemerkten.«

»Bringen Sie das Mädchen herein, Steel«, sagte Shannon, und gleich darauf schob sein Assistent eine stark gepuderte junge Dame ins Zimmer.

»Fräulein Neilsen, Berufstänzerin ohne Anstellung?« fragte Dick.

»Das stimmt.«

»Erzählen Sie uns von Ihrem Besuch in Nummer 551 Portman Square.«

»Wenn ich gewußt hätte, daß ich mit einem Detektiv sprach, wär' ich nicht so geschwätzig gewesen«, versetzte sie. »Der alte Mann verlangte von mir, ich sollte nebenan bei Herrn Marshalt Spektakel machen – schreien, daß Herr Marshalt ein Schuft wäre, ein Fenster einschlagen und mich verhaften lassen.«

»Einen Grund dafür gab er nicht an?«

»Nein. Die Sache paßte mir nicht, und ich war heilfroh, als ich wieder draußen war. Hu, was für ein scheußlicher alter Kerl! Und das Zimmer ganz dunkel. Ein richtiges Gespensterhaus! Türen, die von selbst aufgehen – Stimmen, die von nirgendwoher kommen – ich dankte meinem Schöpfer, als ich wieder auf der Straße stand.«

»Woher kannten Sie den Mann denn?« fragte Dick mißtrauisch.

»Oh, er hatte meinen Namen in den Inseraten gelesen – Stellengesuche, wissen Sie.«

Da weitere Fragen ergebnislos blieben, wurde das Mädchen entlassen, und nun berichtete Lane.

»Der Steuerbeamte beschwerte sich, daß er Herrn Malpas nicht zu sehen bekäme. Man glaubte, daß er zuwenig Einkommensteuer zahlte, und als er vorgeladen wurde, kam er nicht selbst, sondern sandte statt dessen eine Erlaubnis zur Einsicht in sein Bankkonto. Es war das einfachste Konto der Welt: 1500 Pfund jährlich bar eingezahlt und 1500 Pfund im Jahr ausbezahlt. Keine Geschäftsquittungen. Nichts weiter als Abgaben, Grundsteuer und größere Summen für laufende Ausgaben.«

»Und Besuch kommt nie ins Haus?«

»Nur zweimal im Monat, gewöhnlich an einem Sonnabend. Wie es scheint, ist es jedesmal ein anderer Mann, der immer erst nach Dunkelwerden kommt und nie länger als eine halbe Stunde bleibt. Einmal war es ein Neger, und einer meiner Leute machte sich an ihn heran, konnte aber überhaupt nichts aus ihm herausbringen.«

»Malpas muß schärfer beobachtet werden«, befahl Dick, und der Inspektor machte eine Notiz. »Nehmen Sie einen von diesen Besuchern unter irgendeinem Vorwand fest und durchsuchen Sie ihn. Vielleicht stellt es sich dabei heraus, daß es sich um Bettler handelt – oder auch nicht!«

Audrey hatte eine interessante Entdeckung gemacht. Es gab ein rätselhaftes Etwas namens ›Zeugnis‹, das zuweilen vornehmer als ›Referenz‹ bezeichnet wurde. Ohne ein solches war es unmöglich, irgendeine Anstellung zu erhalten. Ihr kleiner Geldvorrat schwand dahin, und am ersten Weihnachtstag bestand ihr Frühstück nur aus einer trockenen Brotscheibe und kaltem Wasser.

Am Dienstag erhielt sie zu ihrer Überraschung einen Brief, der nur aus zwei mit Bleistift geschriebenen Zeilen bestand:

Kommen Sie heute Nachmittag um 5 Uhr. Ich habe Arbeit für Sie.

Malpas

Sie starrte mit gerunzelter Stirn auf den Zettel. Wer war Malpas, und wie hatte er von ihrem Dasein erfahren?

Indessen – Not kennt kein Gebot, und so stand sie denn zu der angegebenen Zeit regendurchnäßt vor dem Haus und klopfte leise mit den Fingerknöcheln an, als sie keine Klingel fand.

»Wer ist da?«

Die Stimme schien aus dem Türpfeiler zu kommen.

»Fräulein Bedford.«

Nach einer kurzen Pause öffnete die Tür sich langsam.

»Kommen Sie herauf – das Zimmer im ersten Stock«, sagte die Stimme.

Die Haustür schloß sich hinter ihr. Von unerklärlichem Grauen gepackt, wollte sie entfliehen und suchte nach dem Türgriff – aber es war keiner vorhanden, und so bezwang sie ihre Angst und stieg die Treppe empor. Im ersten Stock gewahrte sie nur eine einzige Tür und klopfte dort nach kurzem Zaudern an.

»Herein!« Diesmal kam die Stimme von oben. In der Türnische befand sich über ihrem Kopf ein kleines Gitter.

Einen Augenblick brauchte sie, um Mut zu sammeln, dann trat sie durch die nur angelehnte Tür ein.

Die Wände des sehr großen Raums waren so dicht mit schwarzem Samt verhängt, daß man nicht sehen konnte, wo die Fenster waren und wo die Decke anfing. Der dicke Teppich dämpfte das Geräusch ihrer zaghaften Schritte.

Am entferntesten Ende des Saales saß an einem Schreibtisch mit grünbeschirmter Lampe eine merkwürdig widerwärtige Gestalt. Der Kopf war schmal und kahl, das bartlose Gesicht mit

34

tausend Falten bedeckt, die Nase dick und tief herabhängend. Und das lange, spitze Kinn bewegte sich fortwährend, als ob der Mann mit sich selbst spräche.

»Setzen Sie sich auf den Stuhl«, gebot die hohle Stimme.

Ihre Augen hatten sich an das Dunkel gewöhnt, und sie nahm zitternd hinter dem kleinen Tisch Platz.

»Ich habe Sie kommen lassen, damit Sie Ihr Glück machen«, murmelte die Stimme. »Schon viele haben auf dem Stuhl da gesessen und sind als reiche Leute fortgegangen. Auf dem Tisch – sehen Sie?«

Er mußte wohl auf einen Knopf gedrückt haben, denn plötzlich flammte über ihrem Kopf ein strahlend helles Licht auf, und sie sah ein Bündel Banknoten auf dem Tisch.

»Nehmen Sie es!« sagte der Mann.

Sie streckte die bebende Hand aus und ergriff das Paket – und einen Schlüssel, worauf das Licht wieder langsam erlosch.

»Ihr Name ist Audrey Bedford, nicht wahr? Nach neun Monaten Haft wegen Mithilfe bei einem Juwelenraub wurden Sie vor drei Wochen aus dem Gefängnis entlassen, nicht wahr?«

»Ja, ich mache kein Hehl daraus und hätte es Ihnen jedenfalls gesagt.«

»Unschuldig natürlich?«

»Ja, ich war unschuldig.«

»Sie sind schlecht angezogen . . . Das mag ich nicht. Kaufen Sie sich schöne Kleider und kommen Sie nächste Woche zur selben Zeit wieder. Der Schlüssel öffnet alle Türen, wenn die Sperrvorrichtung ausgeschaltet ist.«

Endlich fand Audrey ihre Stimme wieder.

»Ich muß wissen, was für Pflichten ich übernehme«, sagte sie. »Es ist sehr großmütig von Ihnen, mir soviel Geld anzuvertrauen, aber Sie werden einsehen, daß ich es unmöglich annehmen kann, ohne zu wissen, was Sie von mir verlangen.«

»Ihre Aufgabe besteht darin, das Herz eines Mannes zu brechen«, lautete die Antwort. »Gute Nacht!«

Sie fühlte einen kühlen Luftzug und drehte sich um.

Die Tür stand offen. Sie war entlassen.

Hastig lief sie die Treppe hinunter, und als sie ihren Schlüssel

35

in das winzige Schlüsselloch stecken wollte, entglitt er ihren zitternden Fingern und fiel zu Boden. Sie suchte danach und fand nicht nur das Schlüsselchen, sondern dicht daneben noch etwas anderes – einen nußgroßen Kieselstein, an dem ein Klümpchen roten Siegellacks mit dem deutlichen Abdruck eines winzigen Petschafts klebte. Sie nahm sich vor, den sonderbaren Gegenstand nächste Woche wieder mitzubringen, steckte ihn in ihr Handtäschchen und stand gleich darauf tief atmend auf der Straße.

Ein Auto kam langsam herangekrochen und fuhr auf ihren Wink hin an den Bordstein heran. Schon wollte sie einsteigen, als sie eine Frau mit elegantem Hut und durchnäßtem Pelzmantel gewahrte, die sich taumelnd bemühte, den Klopfer des nebenan gelegenen Hauses in Bewegung zu setzen. Trotz ihres Abscheus vor allen – und ganz besonders vor weiblichen – Betrunkenen, erregte diese Jammergestalt doch Audreys Mitleid, und sie war im Begriff, auf sie zuzugehen, als die Haustür plötzlich aufgestoßen wurde und ein ältlicher Mann herausrief: »Na – was soll das? Wer macht hier Spektakel vor dem Haus eines Gentlemans? Gehen Sie weg, oder ich hole einen Schutzmann!«

Es war Tongers Stimme, und die Betrunkene taumelte auf ihn zu und brach zusammen. Im nächsten Augenblick hatte Tonger sie ins Haus geschleudert, und die Tür schlug zu.

»Das ist Herrn Marshalts Haus«, sagte der Chauffeur. »Das ist der afrikanische Millionär. Wohin, Fräulein?«

10

Martin Elton war mit seiner Frau im Theater und schlenderte während einer Pause im Foyer umher. Obwohl aus ganz gutem Hause, war er durch Spiel, Wetten und noch manches andere allmählich immer mehr herunter- und aus seinem Gesellschaftskreis herausgekommen. Auch heute nickte ihm nur hier und da jemand aus der Ferne zu, und der einzige, der ihn anredete, war ihm unwillkommen.

»'n Abend, Elton! Na, wie steht's? Stanford ist ja wohl in Italien? Haben Sie irgendwas vor? Wollen Sie 'ne gute Zigarre?«

»Nein, danke.«

Slick Smith steckte selber eine an. »Kürzlich von Marshalt gehört?« fragte er beiläufig.

»Ich weiß nicht viel von Marshalt.«

»Aber ich. Er ist auch ein Dieb, und die Sachen, die er stiehlt, hinterlassen eine Art von Lücke. Sie sind ein ganz fixer Kerl, Elton. Aber da klingelt es schon – auf nächstes Mal!«

Als das Ehepaar nach Hause kam, fragte Dora oben im Wohnzimmer etwas ungeduldig: »Was ist dir denn, Bunny? Diese Launen von dir sind unausstehlich!«

»Hast du von deiner Schwester gehört?« entgegnete er, indem er ein Stück Holz ins Feuer warf, bevor er sich am Kamin niederließ.

»Nein, und ich hoffe zu Gott, daß ich nie wieder von ihr hören werde. Diese wimmernde Gefängnisratte!«

»Ich hab' sie nicht wimmern hören. Und ins Gefängnis haben wir sie gebracht.«

Sie blickte ihn verwundert an. »Du hast sie ja geradezu aus dem Haus gejagt, als sie das letztemal hier war.«

»Ja, das weiß ich. Aber London ist ein verteufelter Ort für alleinstehende junge Mädchen ohne Geld oder Freunde. Ich wollte, ich wüßte, wo sie ist.«

»Überlassen wir sie dem Schutze Gottes«, sagte Dora spöttisch.

Seine Augen wurden schmal und lauernd. »Wenn du dich so gegen deine Schwester benimmst, wie würde es mir dann wohl ergehen, wenn du einmal in aller Eile zwischen mir und deiner eigenen Sicherheit wählen müßtest?« fragte er langsam.

»'Sauve qui peut' ist mein Wahlspruch«, lachte sie.

Er warf seine Zigarre ins Feuer und stand auf. »Dora«, sagte er mit eisiger Stimme, »Lacy Marshalts Freundschaft mit dir ist mir unangenehm.«

Sie blickte ihn mit großen Augen an. »Ist er unehrlich?« entgegnete sie harmlos.

»Es gibt viele ehrliche Männer, mit denen eine Dame nicht in einem reservierten Zimmer bei Shavarry dinieren darf.«

»Oh, du hast spioniert? Marshalt kann unter Umständen eine sehr nützliche Bekanntschaft für uns sein.«

»Für mich nicht, und am allerwenigsten, wenn er heimlich mit meiner Frau diniert.« Seine Stimme sank zu einem Flüstern herab. »Wenn es noch einmal vorkommt, werde ich Herrn Marshalt aufsuchen und ihm drei Kugeln durch die Brusttasche jagen, in der er seine vorzüglichen Zigarren bei sich trägt. – Was ich mit dir machen würde, weiß ich noch nicht. Das hängt von meiner Stimmung und deiner – Nähe ab.«

Sie war totenblaß geworden, suchte vergeblich nach Worten und lag ihm dann plötzlich schluchzend im Arm. »Oh, Bunny, Bunny, sprich nicht so – sieh nicht so aus. Ich will tun, was du willst. Ich schwör' dir, daß nichts vorgefallen ist! Ich ging nur aus Übermut hin . . .«

Er berührte ihr Haar.

»Du bedeutest sehr viel für mich, Dora«, sagte er sanft. »Ich habe dich nicht gut beeinflußt – habe selbst die meisten guten alten Grundsätze über Bord geworfen, nach denen andere Leute sich richten. Aber eines gibt es, woran ich mich felsenfest klammere – ehrliches Spiel unter Dieben.«

11

Dick Shannon klopfte heftig gegen die Glasscheibe seiner Taxe, schob das Fenster auf und beugte sich vor.

»Kehren Sie um und fahren Sie an der anderen Seite entlang. Ich will mit jener Dame sprechen«, sagte er.

Im nächsten Augenblick stand er Audrey gegenüber und zog den Hut. »Fräulein Bedford! Das nenn' ich eine Überraschung!«

Und das war es in mehr als einer Hinsicht. Jede Spur von Armut war verschwunden. Das junge Mädchen war tadellos angezogen und sah so bildhübsch aus, daß alle Leute sich nach ihr umdrehten.

»Ich habe Sie wie eine Stecknadel gesucht. Ich kam drei Minuten zu spät, als Sie Holloway verließen, und bildete mir unbegreiflicherweise ein, Sie würden sich bei der Polizei melden müssen.«

»Nein, das blieb mir erspart. – Ich sah Sie ein paarmal in Holloway, wenn Sie da zu tun hatten.«

Sie wußte nicht, daß er nur um ihretwillen hingekommen war und daß sie es ihm verdankte, daß man sie aus der Waschküche in die Bibliothek versetzt hatte.

»Ich werde jetzt wie ein Onkel mit Ihnen sprechen«, begann er, während sie zusammen auf den Hannover Square einbogen. »Ganz offen und ehrlich!«

»Oh, in bezug auf Polizisten habe ich jetzt Erfahrung!« lachte sie. »Die sind hinterlistig, und unter dem Deckmantel christlicher Nächstenliebe –« Plötzlich sah sie, wie ihm das Blut ins Gesicht stieg, und rief aus: »Oh, ich wollte nicht anzüglich sein! Verzeihen Sie mir, und seien Sie bitte ganz offen! Ich werde wahrheitsgetreu antworten – aber von Dora und dem unseligen Halsband dürfen Sie nicht sprechen.«

»Dora Elton ist doch Ihre Schwester?«

»Eigentlich nicht – wenn ich es auch annahm. Wir haben nichts mehr miteinander zu tun. Ein Mädchen mit meiner Vergangenheit ist kein Umgang für Dora. So, und nun genug von Dora!«

»Was machen Sie denn jetzt?« fragte er unverblümt.

»Ich schreibe Briefe für einen sehr garstig aussehenden alten Herrn und werde ungebührlich gut dafür bezahlt«, erwiderte sie in befangenem Ton.

»Wir wollen in den Park fahren und ganz offen miteinander plaudern«, sagte Dick und sah sich nach einer Taxe um. Dicht hinter ihm kroch eine heran, und das Gesicht des Chauffeurs kam ihm merkwürdig bekannt vor. »Herrgott! Ich hatte Sie vergessen«, rief er aus.

»Aber ich Sie nicht!« versetzte der Mann grimmig. »Wo soll es hingehen?«

In dem menschenleeren Park fanden sie zwei abseitsstehende bequeme Stühle.

»Erst möchte ich Näheres über den garstig aussehenden alten Herrn hören«, begann Dick, und sie berichtete über ihre Erfahrungen mit Herrn Malpas.

»Sie werden es gewiß verächtlich von mir finden, das Geld überhaupt angenommen zu haben. Aber wenn man sehr hungrig ist und sehr friert, hat man keine Zeit, über moralische Grundsätze nachzudenken. Als ich mich aber gemütlich im Palace-Hotel eingerichtet hatte, fing ich an, Bedenken zu hegen und wollte gerade in ablehnendem Sinne an Herrn Malpas schreiben, als er mir etwa zehn bis zwölf flüchtig mit Bleistift gekritzelte Briefe schickte und mich ersuchte, sie abzuschreiben und wieder an ihn zurückzuschicken.«

»Was für Briefe waren es?« fragte Dick lebhaft.

»Meistens Ablehnungen von allerlei Einladungen. Er machte zur Bedingung, daß ich sie auf dem Briefpapier des Hotels und nicht mit der Maschine schreiben müßte.«

»Die Sache gefällt mir nicht«, murmelte Dick.

»Kennen Sie ihn?«

»Ich weiß mancherlei von ihm. Wieviel Gehalt beziehen Sie?«

»Darüber haben wir nicht gesprochen. Er gab mir eine runde Summe und ersuchte mich, nach acht Tagen wiederzukommen, und seitdem habe ich alle Tage abgeschrieben, was mir mit der Morgenpost zuging. Heute waren die Briefe länger. Es war ein Briefwechsel zwischen dem Gouverneur der Bermudas und dem Britischen Kolonialamt dabei, der gedruckt und wohl aus einem Blaubuch herausgerissen war. Was soll ich tun, Herr Shannon?«

»Ja, wenn ich das wüßte! Eines dürfen Sie jedoch nicht tun: Sie dürfen nächsten Sonnabend nicht allein in jenes sonderbare Haus hineingehen. Ich werde Sie auf dem Portman Square erwarten und mit Ihnen hineinschlüpfen.« Er bemerkte ihre erschrockene Miene und fuhr lächelnd fort: »Sie brauchen keine Bedenken wegen etwaiger hinterlistiger Polizeiabsichten meinerseits zu hegen. Wir haben nichts weiter gegen Herrn Malpas, als daß er ›geheimnisvoll‹ ist. Ich werde nur unten in der Halle in Rufweite bleiben. Übrigens – waren auch Briefe an Herrn Lacy Marshalt unter den Papieren?«

»Nein. Das ist doch der afrikanische Millionär, der nebenan wohnt, nicht wahr?« Und sie erzählte ihm von der sonderbaren kleinen Komödie, die sich vor Herrn Marshalts Haus abgespielt hatte.

»Hm! Das ist vielleicht eine kleine nachbarliche Bosheit des alten Mannes. Ich muß wohl mal mit Marshalt sprechen und ihn fragen, was es mit dieser Feindschaft auf sich hat. Aber hier ist es kalt! Kommen Sie mit. Wir wollen eine Tasse Kaffee trinken, und dabei werde ich mit meinen berühmten ›Ratschlägen für alleinstehende junge Mädchen in London‹ fortfahren.«

Tonger schien anfangs nicht geneigt, Shannon zu melden, als dieser schellte. »Wenn ich zu Hause bin, ist Herr Marshalt nur auf Verabredung zu sprechen«, erklärte er.

»Vielleicht tragen Sie meine Karte hinein?« fragte Dick lächelnd.

»Vielleicht – aber wahrscheinlich nicht. Alle möglichen sonderbare Menschen kommen her und wollen Herrn Lacy Marshalt sprechen, weil er freigebig und großzügig ist. Das ist die Sorte, die wir in Südafrika züchten: freigebig, offenherzig –« Er griff nach Dicks Karte und las sie. »Oh, Sie sind Detektiv? Na, kommen Sie 'rein, Captain. Wollen Sie jemanden verhaften?«

»Wo denken Sie hin! In diesem wunderschönen Haus, wo selbst die Bedienten so höflich und ehrerbietig sind, daß man sie kaum bemühen mag.«

Tonger kicherte. »Ich bin kein Bedienter«, sagte er. »Darin irren Sie sich.«

»Der Sohn des Hauses?« scherzte Dick. »Oder gar Herr Marshalt selbst?«

»Gott behüte! Ich möchte sein Geld und seine Verantwortung nicht haben. Hier entlang, Captain!«

Er führte Dick in einen Salon und folgte ihm zu seiner Verwunderung hinein.

»Es ist doch nichts Schlimmes?« fragte er besorgt.

»Soviel ich weiß, nicht. Dies ist ein freundschaftlicher Besuch, und Sie brauchen nicht hinunterzugehen und die Löffel zu zählen.«

»Ich bin kein Diener«, berichtigte Tonger. »Ich werde Herrn Marshalt Bescheid sagen.«

Er verschwand und kehrte gleich darauf mit Lacy Marshalt zurück. Als er Miene machte zu bleiben, deutete jener stumm auf die Tür.

»Hoffentlich hat Tonger sich keine Freiheiten erlaubt, Captain Shannon«, sagte er, als sie allein waren. »Er ist mit mir zusammen aufgewachsen und – stellt meine Geduld oft auf harte Proben. Sie kommen von Scotland Yard? Was kann ich für Sie tun?«

»Vor allem möchte ich wissen, ob Sie Ihren Nachbarn, Herrn Malpas kennen?«

»Nein, ich habe mich nur über das ewige Geklopfe nebenan beschwert –«

»Das hab' ich gehört. Die Sache ist wohl durch die Distriktpolizei erledigt worden. Sie kennen ihn also nicht?«

»Ich habe ihn nie gesehen und kann Ihnen deshalb nichts Näheres sagen.«

»Wissen Sie auch nicht, wie er aussieht, so daß Sie ihn als einen Bekannten aus Südafrika identifizieren könnten?«

»Nein, wie kommen Sie darauf? Feinde hat man natürlich immer, wenn man es in der Welt zu etwas gebracht hat.«

»Ja, es scheint, als ob Malpas Leute benutzte, um Sie zu schikanieren. Ich möchte zum Beispiel glauben, daß jene betrunkene Frau, die neulich herkam –«

»Eine betrunkene Frau?« Marshalts Stirn verfinsterte sich. Er stand auf und klingelte, worauf Tonger schleunigst erschien.

Aber auf Marshalts ärgerliche Frage erwiderte er nur gleichmütig: »Ja, die war gehörig eingeseift! Fiel ins Haus und fiel gleich wieder hinaus. Sie sagte, sie wäre Frau Lidderley von Fourteen Streams –«

Dick Shannon blickte den Hausherrn an, während der Diener sprach, und sah Marshalts Gesicht leichenfahl werden.

»Frau Lidderley?« sagte Marshalt gedehnt. »Wie sah sie denn aus?«

»Oh, ein kleines Ding – aber Kräfte hatte sie!«

»Klein? Dann hat sie geschwindelt!« Marshalts Stimme klang

42

merklich erleichtert. »Sie wird die Lidderleys vielleicht kennen. Vor kurzem hörte ich aus Südafrika, daß Frau Lidderley schwer krank läge. Hast du sie nach ihrer Adresse gefragt?«

»Ich! Nach der Adresse eines betrunkenen Frauenzimmers? Nein, Lacy –«

»Herr Marshalt, zum Teufel!« donnerte der andere. »Wie oft soll ich dir das sagen?«

»Es rutschte mir 'raus!«

»Dann rutsch du gefälligst auch 'raus!« knurrte Marshalt und schlug die Tür hinter seinem respektlosen Diener zu.

»Der Mensch reizt mich über alle Maßen«, sagte er. »Natürlich haben wir uns als Jungen ›Lacy‹ und ›Jim‹ genannt, so daß es mir schwer wird, jetzt auf einer passenderen Anrede zu bestehen, aber man darf solche Formen doch nicht ganz beiseite lassen. – Verzeihen Sie die Unterbrechung! Um nun auf Malpas zurückzukommen, so weiß ich durchaus nichts über ihn. Es kann ja sein, daß es jemand ist, dem ich vor Zeiten einmal auf die Füße getreten habe – Sie wissen wohl nicht, wie er aussieht?«

»Alt und überaus häßlich, wie ich hörte. Außerdem hat er eine Kabarettsängerin beauftragt, Sie zu belästigen, was ja nicht viel auf sich gehabt hätte, wenn Sie nicht zufällig eine Abneigung gegen Kabarettdamen haben.«

»Könnten Sie nicht einmal hingehen und den Mann besuchen, Captain Shannon?« fragte Marshalt nach einigem Nachsinnen. »Verzeihen Sie, das ist wohl eine Zumutung! Aber mir liegt daran, festzustellen, wer er ist.«

Dick hatte jedoch ohnehin schon beschlossen, sich den geheimnisvollen Malpas anzusehen, so daß dieser Vorschlag überflüssig war.

Als Tonger die Haustür hinter Shannon geschlossen hatte, schlenderte dieser an dem Nachbarhaus entlang und blickte zu den öden Fenstern empor. Es war nicht zum erstenmal, daß er das Haus des wunderlichen Herrn Malpas aufgesucht hatte, aber um eine Unterredung hatte er noch nie gebeten. Er suchte nach einer Klingel, fand keine und klopfte an die Tür. Als alles still blieb, klopfte er kräftiger und fuhr heftig zusammen, als eine Stimme scheinbar dicht an seinem Ohr fragte: »Wer ist da?«

43

Bestürzt sah er sich um und entdeckte sofort die Lösung des Rätsels, als er in dem steinernen Türpfeiler ein Tortelefon gewahrte.

»Ich bin Captain Shannon von Scotland Yard und möchte Herrn Malpas sprechen«, sagte er.

»Das können Sie nicht!« knurrte die Stimme, und Dick vernahm ein leises Knacken. Und obwohl er mehrmals klopfte, blieb alles stumm.

12

So viel Freiheit und Behaglichkeit, wie Tonger genoß, ist nur sehr wenigen Dienstboten beschieden. Das ganze oberste Stockwerk des Hauses gehörte ihm. Dort hatte ihm sein Herr ein Schlafzimmer, ein Wohnzimmer und ein Bad eingerichtet, und dort verbrachte er den größten Teil seiner Abende, indem er mit Hilfe eines kleinen Roulettespiels endlose mathematische Berechnungen anstellte. Es war sein Ehrgeiz, die Kasinodirektion von Monte Carlo durch ein von ihm erfundenes unfehlbares System in Schrecken und Verzweiflung zu versetzen.

An diesem Abend war er jedoch anderweitig beschäftigt, als die Klingel in seinem Zimmer ertönte, und er schloß die Tür sorgsam hinter sich zu, bevor er sich zu Lacy Marshalt hinunterbegab. Dieser erwartete ihn ungeduldig in seinem Arbeitszimmer und sagte: »Erwarte Frau Elton um sieben Uhr fünfundvierzig an der Hintertür und laß sie herein. Dann fahre das Auto vor die Albert Hall, stelle es zwischen den andern auf, bis das Konzert vorbei ist, und komme wieder mit dem Auto an die Hintertür zurück.«

»Ist das nicht ein bißchen gefährlich, nach dem Brief, den Sie von Elton bekamen?«

»Was weißt du von dem Brief? Ich hatte ihn eingeschlossen!«

»Ach, das ist ja einerlei. Jedenfalls hab' ich ihn gelesen und sage Ihnen, daß es gefährlich ist. In einem Scheidungsprozeß möchten Sie doch wohl nicht mitspielen?«

»Mit dir als Zeuge!« höhnte der andere.

»Sie wissen sehr gut, daß ich nie gegen Sie aussagen würde«, versetzte Tonger gleichmütig. »So was liegt mir nicht. Aber wenn ein Kerl wie Elton mir schriebe, wenn er mich noch mal mit seiner Frau zusammen sähe, würde er mich niederschießen, so würde ich mir die Sache doch sehr überlegen.«

»Frau Elton hat geschäftliche Dinge mit mir zu besprechen«, sagte Marshalt kalt. »Tu, was ich dir gesagt habe.«

»Damit das Auto, das die ganze Zeit vor der Albert Hall gewartet hat, als Beweis dafür dient, daß Frau Elton das ganze Konzert mit angehört hat!« kicherte Tonger. »Was wollte der ›Geheime‹ denn hier? Kam er wegen Frau Elton?«

»Dummes Zeug! Er wollte sich nur nach dem verrückten Kerl nebenan erkundigen. So, das ist alles! Morgen abend werde ich zu Hause essen, und wenn ich Glück habe, mit einem sehr interessanten Gast.«

»Haben Sie das Mädchen gefunden, dem Sie den Privatdetektiv auf die Fersen setzten?« fragte Tonger lebhaft.

»Woher weißt du das nun schon wieder? Ja, ich hoffe, daß sie kommen wird. Übrigens brauchst du dabei nicht in Erscheiung zu treten. Das Hausmädchen kann servieren.«

»Um törichten Jungfrauen Vertrauen einzuflößen«, bemerkte Tonger und verließ das Zimmer.

Gegen halb zwölf hielt er wieder mit dem Auto an der Hintertür von Nummer 551, nachdem er Marshalts Anweisungen genau befolgt hatte. Dora kam sofort heraus und nahm seinen Platz hinterm Steuer ein. »Haben Sie jemand gesehen?« fragte sie leise.

Tonger dachte an den Mann, der an der Ecke des Portman Square gestanden und so geduldig gewartet hatte, sagte jedoch nur: »Nein, aber an Ihrer Stelle würde ich dies nicht noch mal riskieren. Es gibt Sachen, die sich nicht lohnen, und dies ist so eine.«

»Machen Sie die Tür zu«, erwiderte sie schroff, während sie anfuhr.

Als sie nach Haus kam, fand sie ihren Mann schon im Wohn-

45

zimmer vor. »Na, ist die Unterredung befriedigend verlaufen?« fragte sie heiter.

Er lag auf dem Diwan ausgestreckt und schüttelte mißmutig den Kopf. »Nein, wir werden das Etablissement wohl schließen müssen. Klein verlangt zuviel Prozente und droht mit der Polizei, um sie durchzudrücken. Das macht mir Sorge, denn die Säle an der Pont Street bringen viel und regelmäßiges Geld ein, so daß ich sie ungern schließen würde. Jetzt erwarte ich Standford. – Übrigens habe ich Audrey heute abend gesehen.«

»Wo denn?« rief sie verwundert aus.

»Im Carlton Grill, wo sie mit Shannon zusammen aß.«

Dora vergaß einen Augenblick, daß sie sich ihre Zigarette anzünden wollte. Mit –

»Mit Shannon. Sie schienen höchst fidel zu sein. Du brauchst aber keine Angst zu haben – zur Angeberin eignet Audrey sich nicht. Übrigens war mir noch nie klargeworden, wie wunderhübsch sie ist. Sie war tadellos angezogen. Shannon wandte kein Auge von ihr.«

»Du scheinst ja auch ganz verschossen in sie zu sein«, versetzte Dora. »Ich habe das Konzert so genossen, Bunny! Keßler war großartig. Eigentlich mach' ich mir nicht viel aus Geigenspiel, aber –«

»Es war nicht Keßler«, sagte er und blies eine Rauchwolke in die Luft. »Er war erkältet und sagte ab. Hast du es nicht in der Zeitung gelesen?«

»Ich kann diese Geiger nicht voneinander unterscheiden«, erklärte sie nach einer kaum merklichen Pause. »Jedenfalls spielte der Mann, der ihn vertrat, glänzend.«

»Wahrscheinlich Manz.« Er nickte.

Zu ihrer Erleichterung ertönte jetzt die Hausklingel, und gleich darauf erschien Big Bill Stanford, todmüde von seiner Rückreise aus Rom, und begann zu berichten.

»Die Contessa trifft hier Dienstag abend ein. Ich habe Fotografien von dem Diadem und der Perlenschnur. Die Imitation wird sich in fünf bis sechs Tagen herstellen lassen, und das Weitere ist dann ja Kinderspiel. Stigmann hat sich mit der Jungfer angefreundet –«

»Ich dachte, mit so etwas würden wir uns nicht wieder abgeben?« fiel Dora ihm unmutig ins Wort.

»Tu ich auch nicht«, murmelte ihr Mann. »Daß du mir nichts
von dem Kram ins Haus bringst, Bill!«

»Hältst du mich für verrückt? Hat jene letzte Sache sich etwa
so gut gelohnt? Nein, danke! Hier ins Haus kommt keine Perlenkette –«

»Ich will nichts damit zu tun haben!« rief Dora aus. »Bunny,
warum können wir diese Diebstähle nicht ganz aufstecken?«

Er blickte sie an. »Ja, warum nicht? Was bedeuten zehntausend Pfund für uns? Wir können auch ohne sie leben!«

»Ich jedenfalls«, murmelte sie.

»Wie denn? Willst du uns mit Nähen ernähren oder Klavier-
stunden geben? Oder wieder zur Bühne gehen? Drei bis vier
Pfund die Woche verdientest du ja wohl, als ich dich kennen-
lernte. Red keinen Unsinn, Dora! Ich hab' dich zum Wohlstand
emporgestohlen, und sogar der Trauring stammt von einem
Diebstahl. Überleg dir das!«

Sie stand wortlos auf und verließ das Zimmer.

13

Audrey Bedford hatte einen Brief erhalten, der folgendermaßen
lautete:

Sehr geehrtes Fräulein Bedford!
Angesichts des ungeheuerlichen Fehlurteils, dem Sie zum Opfer
gefallen sind, wäre es mir eine Freude, Ihnen behilflich zu sein.
Deshalb bitte ich Sie, mich morgen abend um 7.30 Uhr unter
obiger Adresse aufzusuchen. Ich glaube, daß ich Ihnen eine
Beschäftigung verschaffen könnte, die Ihnen zusagen würde.

Ihr sehr ergebener
Lacy Marshalt
P. S. Ich bitte um freundliche Rückantwort.

Sie grübelte den ganzen Morgen über diesen Brief nach. Marshalts Name war ihr bekannt. Er gehörte jenen Kreisen an, von denen oft in den Zeitungen die Rede ist. Nachdem sie mit Hilfe des Adreßbuches festgestellt hatte, daß es eine Frau Marshalt gab, sandte sie mittags ein zusagendes Telegramm ab. Sie konnte ja unmöglich wissen, daß diese in allen Adreßbüchern erwähnte Frau Marshalt eine Finte war, die dem lebenslustigen Herrn Marshalt seit fünfundzwanzig Jahren gute Dienste leistete. Da er nie von seiner Frau sprach, nahm man an, daß eine Entfremdung vorläge und bedauerte den Gatten.

Bei ihrer Ankunft in dem Haus am Portman Square wurde Audrey von einem korrekt gekleideten Hausmädchen empfangen. In ihrem einfachen schwarzen Cocktailkleid sah sie so entzückend aus, daß Marshalt sie überrascht und staunend anstarrte, während sie sich vergeblich nach ›Frau Marshalt‹ umsah.

»Ich hoffe, daß Ihnen ein Dinner zu zweien nicht unangenehm sein wird«, sagte er, indem er ihre kleine Hand nicht länger als üblich festhielt. »Vor zwanzig Jahren liebte ich große Gesellschaften ebenso, wie ich sie jetzt hasse.«

Diese zarte Betonung seines Alters wirkte beruhigend auf das junge Mädchen. »Es war sehr freundlich von Ihnen, mich trotz meiner Vergangenheit einzuladen, Herr Marshalt«, erwiderte sie lächelnd.

»Oh, es ist ja kristallklar, daß Sie vollkommen unschuldig sind«, erklärte er achselzuckend. »Ich hatte sogar den Eindruck, daß Sie sich für andere aufopferten, und bewundere Sie deshalb und glaube, daß ich Ihnen helfen könnte –«

»Eine Anstellung habe ich ja, wenn sie mir auch nicht sehr zusagt«, fiel sie ihm ins Wort. »Ihr Nachbar, Herr Malpas, hat mich mit Schreibarbeiten betraut.«

Jetzt wurde gemeldet, daß angerichtet sei, und sie begaben sich durch einen Gang und eine zweite Tür, die einen Teil des Hauses abtrennte, in ein elegant ausgestattetes Eßzimmer. Als sie eintraten, blieb Lacy zurück und sprach leise mit dem Mädchen, was Audrey wunderte – und ängstigte.

Plötzlich fiel ihr ein, daß nur die Wand sie von dem Haus ihres geheimnisvollen Arbeitgebers trennte, und –

Tapp, tapp, tapp!

Irgend jemand im Malpasschen Hause klopfte an die Wand.

Tapp, tapp, tapp!

Es klang wie eine Warnung. Aber wie konnte der alte Mann wissen . . .?

Nach dem Kaffee lehnte Audrey dankend eine Zigarette ab, warf einen Blick auf die Kaminuhr und sagte: »Sie werden verzeihen, wenn ich früh aufbreche, Herr Marshalt. Ich habe noch zu tun.«

»Oh, das hat Zeit«, erwiderte er mit einer ungeduldigen Schwenkung seiner großen Zigarre. »Fräulein Bedford, ich möchte Sie vor Herrn Malpas warnen. Ich glaube, daß sich hinter seinem Entgegenkommen sehr häßliche Absichten verbergen.«

»Herr Marshalt!« rief sie empört und sprang vom Stuhl auf. »Wie können Sie so etwas sagen! Sie haben mir ja selbst erzählt, daß Sie Herrn Malpas nicht kennen.«

»Ich habe meine Quellen, Fräulein Bedford. Bitte nehmen Sie doch wieder Platz! Es ist kaum neun Uhr.«

Mit innerem Widerstreben folgte sie seiner Aufforderung, und er fuhr fort: »Ich kenne Sie länger, als Sie ahnen, Sie werden sich kaum erinnern, mich in Fontwell gesehen zu haben? Aber ich versichere Ihnen, daß Sie mir seitdem immer vor der Seele gestanden haben. Audrey, ich habe Sie sehr lieb.«

Sie stand abermals auf, und er folgte ihrem Beispiel.

»Ich kann Ihnen den Lebensweg sehr angenehm machen, liebes Kind«, sagte er.

»Ich ziehe einen rauheren Weg vor«, versetzte sie gelassen und schritt auf die Tür zu.

»Einen Augenblick!« bat er.

»Sie verschwenden Ihre Zeit, Herr Marshalt«, sagte sie. »Ich verstehe nur dunkel, was Sie mir vorschlagen, und hoffe, daß ich mich irre. Ich bin törichterweise hergekommen, weil ich Sie für einen Gentleman hielt, der einer – ungerecht Verurteilten beizustehen wünschte.«

Da änderte sich sein Ton. »Als ob irgend jemand Ihnen das

49

glauben würde!« lachte er brutal. »Ach was, seien Sie vernünftig und versuchen Sie nicht vergeblich, vor mir davonzulaufen. Dieser Teil des Hauses ist ganz von dem übrigen Gebäude abgetrennt, und die Tür ist verschlossen.«

Sie rannte hinaus und rüttelte an der Tür, die sich nicht öffnen ließ. Im Nu hatte er sie eingeholt, hob sie auf und trug sie wie ein Kind ins Zimmer zurück. Mit fast übermenschlicher Anstrengung befreite sie sich, ergriff ein auf dem Tisch liegendes spitzes Tranchiermesser und schrie: »Wenn Sie mich anrühren, bring' ich Sie um! Öffnen Sie sofort die Tür!«

Er zog seinen Schlüsselbund hervor und schloß auf. »Wollen Sie mir nicht verzeihen?« flüsterte er. Ohne zu antworten rauschte sie an ihm vorüber und ließ das Messer fallen.

»Nach rechts,« rief er leise, und sie bog wirklich in den schmalen Gang ein, obwohl ein Instinkt ihr sagte, daß sie geradeaus gehen müsse. Bevor sie sich der Gefahr bewußt wurde, kam er hinterher. Sofort floh sie den Flur entlang und mehrere Treppen hinauf, bis hinter ihr alles still wurde. Nun sah sie, daß es nicht weiterging. Über ihr befand sich nur ein unerreichbares Oberlichtfenster. Leise und behutsam begann sie wieder auf dem Treppenläufer nach unten zu schleichen, und dabei vernahm sie plötzlich eine schluchzende Frauenstimme, wußte aber nicht, ob die Laute von oben, von unten – oder gar von nebenan, aus Herrn Malpas' Haus, kamen. Sie horchte angestrengt, bis das Schluchzen leiser wurde und verstummte. Von Marshalt war nichts zu sehen, und sie erreichte schließlich den kleinen Vorraum, hinter welchem die Freiheit winkte.

Und dann, als sie vorsichtig weiterging, griffen zwei Arme zu, und sie wurde wieder ins Eßzimmer zurückgeschleppt.

»So, mein Schatz!« rief Marshalt, indem er sie in einen tiefen Lehnsessel schob. »Nun wirst du wohl Vernunft annehmen. Ich kann dir geben, was dein Herz begehrt. Für mich bist du die einzige Frau, die meiner Liebe wert ist –«

»Verschwenden Sie keine weiteren Worte, Herr Marshalt«, versetzte sie, ohne die Augen von ihm abzuwenden. »Ich werde ins Hotel zurückkehren, und ich werde Captain Shannon anrufen und ihm mitteilen, was sich hier zutrug.«

Er lachte laut auf. »Du drohst mit der Polizei? Wie altmodisch! Übrigens ist Shannon ein Weltmann. Er weiß, daß ich mir keine Dame aus Holloway einladen würde, wenn ... Na, brauch deinen Verstand, mein Kind! Und er weiß, daß du die Einladung nicht angenommen hättest, wenn du meine Liebeserklärung nicht erwartet hättest.«

»Ihre Art von Mädchen ist vielleicht so, ich bin ein wenig anders«, sagte sie.

»Bei Gott, ja, das bist du, und deshalb liebe ich dich!« rief er aus, indem er sie emporriß und sie mit beiden Armen umschloß. Sie war hilflos, fühlte ihre Kräfte schwinden – da hörte sie ein leises Geräusch an der Tür. Er hatte es auch vernommen, und indem er sie so jäh losließ, daß sie in die Knie sank, fuhr er herum, gerade als die Tür sich langsam auftat. Eine schwarzgekleidete Frau stand auf der Schwelle. Finster starrte sie auf das am Boden kniende Mädchen.

Es war Dora Elton. Audrey sah den Haß in den Augen ihrer Schwester und schauderte.

»Ich störe wohl«, sagte Dora und begegnete Lacys wutfunkelndem Blick, ohne mit der Wimper zu zucken.

Audrey erhob sich mühsam, griff nach ihrem Mantel, ging mit zitternden Knien an ihrer Schwester vorüber und in die kalte, reine Nachtluft hinaus.

Marshalt schenkte sich mit unsicherer Hand ein Glas Wein ein und goß es hinunter. »Wenn du glaubst, daß ich in das Lamm verliebt bin, irrst du dich gewaltig«, sagte er. »Komm her, ich will dir etwas gestehen, und das mußt du mir glauben. Es gibt einen Mann, den ich mehr hasse als jeden andern auf der ganzen Welt, und dieser Mann ist Audrey Bedfords Vater.«

»Sie heißt gar nicht Bedford«, sagte Dora.

»Du hast recht. Sie heißt Torrington, und du nicht. Dan Torrington und ich sind alte Feinde. Ich habe eine Rechnung zu kassieren und bin durchaus noch nicht damit fertig.«

»Ihr Vater ist ein Sträfling«, murmelte Dora finster.

»Ja, lebenslänglich. In Kapstadt. Wenn ich eine bessere Büchse gehabt hätte, wäre er ein toter Mann gewesen. Er hatte Glück: Ich traf sein Bein und schoß ihn lahm. Wenn die Detektive ihn nicht in demselben Augenblick gefaßt hätten, wär's wohl mit mir aus gewesen!«

»Du hast ihn verhaften lassen?« rief sie aus.

»Ja, ich leitete den Geheimdienst für die ›Streams Diamond Corporation‹ und entdeckte, daß Dan Torrington einen kleinen unerlaubten Diamantenhandel betrieb. Ich stellte ihm eine Falle, und das ist die ganze Geschichte. Nur wurde er noch strenger bestraft, weil er auf mich geschossen hatte.«

Doras Zorn war verflogen. »Ist das wirklich alles wahr, Lacy?« fragte sie. »Wie kannst du dich denn aber an Torrington dadurch rächen, daß du eine Liebschaft mit diesem Mädchen beginnst?«

»Ich wollte sie heiraten.«

»Heiraten!« stieß sie atemlos hervor. »Du sagtest doch, daß du niemals heiraten würdest.«

Er zog sie neben sich aufs Sofa und begann: »Die Sache liegt so. Als Torrington damals Diamanten von den Eingeborenen kaufte, besaß er eine Farm namens Graspan. Es gibt tausend Graspans in Südafrika, aber dieses Graspan liegt an einem von den Flüssen, die Fourteen Streams seinen Namen gaben. Er war kaum zur Zwangsarbeit weggeschickt worden, als auf seiner Farm Diamanten entdeckt wurden. Das habe ich erst kürzlich erfahren, weil die Mine unter dem Namen seiner Rechtsanwälte Hallam und Coold betrieben wurde und noch heute ›Hallam & Coold Mine‹ heißt. Dan Torrington ist also Millionär, und zwar ein sterbender Millionär. Seit ich wieder in England bin, bekomme ich von einem der Gefängniswärter regelmäßig Berichte über den Mann, und das letztemal schrieb er, es ginge langsam mit ihm zu Ende.«

»Wenn du dann Audrey heiratest –«

Er lachte wieder. »Ganz recht! Dann bin ich steinreich.«

»Aber das bist du doch schon!«

Sein Gesicht verfinsterte sich. »Ja, ich bin reich«, sagte er hart, »aber ich will noch reicher werden.«

Es klopfte. »Wer ist da?« rief er gereizt.

»Ein Herr wünscht Sie zu sprechen, Sir. Er sagt, es wäre dringend.«

»Ich kann niemand empfangen. Wer ist es denn?«

»Captain Shannon, Sir.«

Doras Mund öffnete sich zu einem entsetzten »Oh!« Dann flüsterte sie: »Er darf mich nicht sehen. Wo soll ich hin?«

»Durch den Wintergarten und über den Hof!« raunte Marshalt ärgerlich.

Er hatte sie kaum in das dunkle Bibliothekszimmer hineingeschoben und die Tür hinter ihr geschlossen, als Dick Shannon hereinkam. Er war im Frack, und sein Gesichtsausdruck war nicht angenehm.

»Ich habe mit Ihnen zu sprechen, Marshalt.«

»Herr Marshalt«, knurrte dieser, Böses ahnend.

»Das ist mir völlig einerlei. Sie luden sich heute zu Tisch eine Dame ein.«

»Wie, wenn sie sich nun selbst eingeladen hätte?« entgegnete Marshalt.

»Sie luden sich heute eine Dame ein und beleidigten sie auf die gröblichste Weise.«

»Mein lieber Mann«, sagte Marshalt gedehnt, »Sie sind ein Weltmann. Glauben Sie etwa, daß dieses Mädchen zu mir kam, ohne – nun, sagen wir, ohne etwaige Möglichkeiten ins Auge zu fassen?«

Eine Sekunde lang starrte Dick Shannon ihn an, dann schlug er dem Mann mit dem Handrücken ins Gesicht, so daß dieser laut aufbrüllend zurücktaumelte.

»Das ist eine Lüge, die Sie nicht wiederholen dürfen«, sagte Dick Shannon mit leiser Stimme.

»Sie nennen sich Polizeibeamter – gehört dies etwa zu Ihren Amtspflichten?« schrie Marshalt.

»Ich kenne die Pflichten der Polizei sehr gut«, entgegnete Shannon in strengem Ton. »Sie stehen an der Außenwand von Old Bailey eingehauen: ›Schützet die Kinder der Armen und strafet die Übeltäter.‹«

14

Dick Shannon war es ein klein wenig wohler, als er aus dem Marshaltschen Haus herauskam. Rein mechanisch warf er einen Blick auf das Nebenhaus, das er gerade beobachtet hatte, als Audrey herauskam und ihm geradezu in die Arme lief. Da war es vollkommen dunkel gewesen, aber jetzt sah er Licht. Während Shannon auf das Haus zuging, erlosch das Licht. Noch ganz erfüllt von seiner Begegnung mit der weinenden Audrey, klopfte er an die Tür und glaubte in der Halle eine leise Bewegung zu vernehmen. Würde der geheimnisvolle Mann doch endlich herauskommen?

Er wartete fast zehn Minuten lang, bevor er seinen Wachtposten verließ. Er wollte Audrey noch sprechen und sich ihre wirre Geschichte genauer erzählen lassen. Während er weiterging und sich nach einem Auto umsah, blieb er jedoch plötzlich stehen. Bildete er es sich nur ein, daß eine dunkle Gestalt aus jenem Rätselhaus herausschlüpfte und mit sonderbarem, etwas hinkendem Gang davoneilte? Sofort nahm Shannon die Verfolgung auf und erreichte die Person an der Ecke der Orchard Street.

»Verzeihen Sie!«

Der Fremde wandte ihm ein schmales, strenges Gesicht zu. Durch die Gläser seiner goldenen Brille musterten zwei prüfende Augen den Fremden, und unwillkürlich glitt seine Rechte in die Manteltasche.

»Sie sind ein Bekannter von Herrn Malpas, nicht wahr? Ich sah Sie aus dem Haus herauskommen.«

»Nein, ich kenne Herrn Malpas nicht«, lautete die Antwort. »Ich bin hier in London ganz fremd und wollte nach dem Oxford Circus.«

»Aber ich habe Sie vor zwei Minuten doch gar nicht auf dem Portman Square gesehen!«

Der Mann lächelte. »Das liegt daran, daß ich von dieser Seite kam und umkehrte, als ich merkte, daß ich fehlgegangen war.«

Dicks Augen hingen unverwandt an seinem Gesicht. »Wohnen Sie hier in London?«

»Ja, im ›Ritz-Carlton‹. Ich bin Präsident einer südafrikanischen Minengesellschaft. Verzeihung, es ist eigentlich töricht von mir, einem zufälligen Straßenpassanten diese Auskunft zu geben, aber Sie sind ja Captain Richard Shannon, nicht wahr?«

Dick war starr vor Staunen. »Ich entsinne mich nicht, Herr –« Er unterbrach sich erwartungsvoll.

»Mein Name kann Sie unmöglich interessieren. Mein Paß lautet auf den Namen Brown. Näheres können Sie im Kolonialamt erfahren. Nein, wir haben uns noch nie getroffen. Aber ich kenne Sie.«

Dick mußte trotz seiner Enttäuschung lachen. »Gestatten Sie mir, Ihnen auf den Weg zu helfen! Ein Taxi wäre am besten für Sie. Ich will in die Regent Street und werde mitfahren.«

Der alte Herr neigte höflich den Kopf, und im selben Augenblick kam ein leeres Auto daher; sie hielten es an.

»Der Wohlstand hier in London setzt mich in Erstaunen«, sagte Herr Brown seufzend. »Wenn ich diese Häuser sehe, die nur von Leuten mit zehntausend Pfund Einkommen bewohnt sein können, kann ich mir nicht denken, wo das Geld herkommt.«

»Der Gedanke ist mir noch nie gekommen«, erwiderte Dick.

Beim Schein der Straßenlaterne hatte er sich seinen Begleiter genau angesehen. Irgend etwas Abschreckendes hatte er nicht an sich. Sein dichtes Haar war weiß, die Schultern leicht gebeugt, und trotz seiner abgearbeiteten mageren Hände machte er doch den Eindruck eines Gentlemans.

Am Oxford Circus hielt das Auto, und der alte Herr stieg mühsam aus.

»Ein armer Krüppel!« bemerkte er gutmütig. »Haben Sie Dank, Captain Shannon.«

Dick beobachtete ihn, während er auf die Untergrundbahn zuhinkte.

»Ich möchte nur wissen . . .!« murmelte er vor sich hin.

Audrey erwartete ihn in der Halle des Palace-Hotels, und alle Spuren von Kummer waren verschwunden.

»Hoffentlich habe ich Sie nicht am Zubettgehen gehindert?« sagte er. Während der ganzen Fahrt hatte er gehofft, daß er es täte.

Sie wollte nicht auf ihr furchtbares Erlebnis zurückkommen, aber er bestand darauf.

»Der Kerl ist ein Schurke!« sagte er. »Audrey, vom Portman Square müssen Sie sich jetzt unbedingt fernhalten.«

»Audrey?« wiederholte sie lächelnd. »Nun, ich mache mir nichts daraus, obgleich ich fühle, daß ich etwas erwachsener sein müßte. In Holloway nannten sie mich ›83‹ oder schlankweg ›Bedford‹. Ich glaube, daß ›Audrey‹ mir besser gefällt – bei Leuten, die nicht dazu neigen, meine Hand festzuhalten und sentimental zu werden.«

Er gab sich vergeblich Mühe, ärgerlich zu werden.

»Ich werde Sie ›Audrey‹ nennen, und wenn ich sentimental werden sollte, so sagen Sie nichts weiter als: ›Zur Sache‹, und ich werde gleich wieder brav sein. Und Portman Square geben Sie auf.«

»Sie meinen Herrn Malpas?« fragte sie rasch.

Er nickte. »Ich weiß nicht, wieviel Sie von seinem Geld ausgegeben haben –«

»Sechzig Pfund«, sagte sie.

»Die werde ich Ihnen geben, und dann können Sie ihm das Geld zurückschicken.«

Er spürte ihr Widerstreben, bevor sie sprach. »Das kann ich nicht tun, Herr Shannon«, erklärte sie lebhaft. »Ich muß die Sache selbst ordnen. Wenn ich Sonnabend hingehe, werde ich ihn ersuchen, mir die Höhe des Gehaltes zu nennen, und ihm ganz offen sagen, wieviel ich verbraucht habe und daß ich ihm das übrige zurückgeben möchte. Wenn ich die Unterredung hinter mir habe –«

»Und sie darf nicht lange dauern, Prinzessin«, warf er ein. »Sonst komme ich in sein gruseliges Wohnzimmer hineinspaziert –«

»Warum nennen Sie mich ›Prinzessin‹?« fragte sie stirnrunzelnd und errötete dabei.

»Ich weiß nicht ... Doch, ich weiß es. Ich werde meine Gewohnheit ablegen und die Wahrheit sprechen. In meinen Gedanken leben Sie als – die Bettelprinzessin. Es gibt ein altes Märchen von einer Prinzessin, die so schön war, daß sie gesetzlich gezwungen wurde, in Lumpen zu gehen, damit die Menschen sich nicht allesamt in sie verliebten und der häusliche Frieden darunter litte. Und als ich Sie zum erstenmal sah, fiel mir dieses Märchen ein, und ich taufte Sie so.«

»Und damit genug für heute!« sagte sie streng. Sie war jedoch keineswegs ärgerlich, obwohl er das nicht wußte. Nachher, in ihrem Zimmer, lachte sie leise über die Geschichte und das Kompliment, das darin versteckt lag.

Sie begann bereits sich auszuziehen, als sie auf ihrem Toilettentisch ein Briefchen entdeckte. Die kritzlige Handschrift war ihr wohlbekannt, und sie riß den Umschlag auf. Er enthielt nur einen Zettel folgenden Inhalts:

Ich gratuliere Ihnen zu Ihrem Entkommen. Sie hätten das Messer gebrauchen sollen.

Ihr verging fast der Atem. Wie konnte Malpas wissen, was hinter verschlossenen Türen in Marshalts Privatzimmer vorgegangen war?

Dick Shannon kehrte zu Fuß nach seiner Wohnung zurück, und er war im Begriff, ins Haus hineinzugehen, als er seinen Begleiter von vorhin am Rand des Gehsteigs stehen sah. Er ging auf ihn zu und fragte: »Haben Sie sich wieder verirrt, Herr Brown?«

»O nein«, lautete die gelassene Antwort. »Nachdem wir uns getrennt hatten, fiel mir ein, daß ich gern ein wenig mit Ihnen sprechen möchte.«

»Bitte treten Sie näher!« sagte Dick und führte den Fremden in sein Arbeitszimmer, wo er ihm einen Lehnsessel zurechtschob.

»Stehen und gehen ist etwas schmerzhaft für mich«, sagte Brown, wobei er sich aufseufzend niederließ. »Danke sehr, Captain. – Was wissen Sie über Malpas?«

Fast bestürzt blickte der Detektiv ihn an. »Wahrscheinlich weniger als Sie«, sagte er zögernd.

»Ich weiß nichts weiter, als daß er sehr zurückgezogen lebt, sich nicht in die Angelegenheiten seiner Mitmenschen mischt und auch keine Einmischung ihrerseits wünscht.«

57

War das eine Herausforderung? Dick war sich nicht klar darüber.

»Das einzige, was wir wissen, ist, daß seltsame Menschen ihn besuchen.«

»Wer bekommt denn keine solchen Besuche? Spricht das gegen ihn?«

»Durchaus nicht, aber alleinlebende ältere Leute geben uns immer zu denken. Es kann jeden Tag die Notwendigkeit an uns herantreten, den Zutritt zu erzwingen und Leichen vorzufinden. Weshalb nehmen Sie an, daß ich etwas über Malpas weiß?«

»Weil Sie das Haus beobachteten, bevor die junge Dame von Marshalt herauskam und Ihre Aufmerksamkeit ablenkte. Um die Wahrheit zu sagen: Ich beobachtete den Beobachter und dachte darüber nach, was Sie wohl gegen Malpas hätten. Übrigens – was ist dem Mädchen denn zugestoßen? Marshalt hatte früher einen schlechten Ruf. Man darf wohl annehmen, daß er sich nicht wesentlich gebessert hat. – Haben Sie so etwas schon einmal gesehen?« Er fuhr mit dem Finger in die Westentasche und holte einen Kiesel hervor, an dem ein rotes Siegel klebte. Dick nahm ihn in die Hand und betrachtete ihn genau.

»Was ist das?« fragte er.

»Ein roher Diamant mit dem Merkmal unserer Minengesellschaft. Wir versehen jeden größeren Stein mit einem solchen Merkmal und benutzen dazu eine besondere Art von Siegellack, die nicht erhitzt zu werden braucht. Ich wüßte gern, ob irgend jemand Ihnen einen Stein dieser Art gebracht hat. Die Polizei pflegt ja in den Besitz der merkwürdigsten Gegenstände zu kommen.«

»Nein, solch ein Stein ist mir noch nicht vorgekommen. Haben Sie einen verloren?«

»Ja, wir vermissen einen. Haben Sie je von einem Mann namens Laker gehört? Nein? Den hätte ich Ihnen gern vorgestellt. Ein interessanter Mensch, der aber leider trank. Nüchtern war er ein Genie – in betrunkenem Zustand aber ein kolossaler Dummkopf!« Der alte Mann stand auf. »Der jungen Dame ist doch nichts zugestoßen?«

»Nein – es war nur ein sehr unangenehmes Erlebnis.«

»Wer könnte mit dem ehrenwerten Lacy zusammenkommen, ohne unangenehme Erfahrungen zu machen?«

»Sie kennen ihn also?«

Brown nickte.

»Sehr genau?«

»Niemand kennt jemand genau«, lautete die Antwort. »Gute Nacht, Captain! Verzeihen Sie mein Eindringen. Meine Adresse wissen Sie ja. Wenn Sie mich brauchen, so telefonieren Sie bitte vorher. Ich halte mich sehr viel auf dem Lande auf.«

Dick blickte ihm sinnend nach. Wer war dieser Mann? Warum herrschte Fehde zwischen ihm und Lacy Marshalt?

15

Lacy Marshalt befand sich in übelster Laune. Shannons Knöchel hatten rote Flecke auf seinem Gesicht hinterlassen, und er hatte eine schlaflose Nacht verbracht. Er saß noch beim Frühstück, als Tonger hereinkam und feierlich meldete: »Herr Elton, Sir.«

»Guten Morgen, Elton!«

»Guten Morgen, Marshalt!«

Elton legte Hut und Spazierstock beiseite und begann langsam seine Handschuhe auszuziehen. Dann zog er einen Stuhl heran.

»Ich schrieb Ihnen kürzlich und ersuchte Sie, meine Frau nicht wieder einzuladen«, begann er ruhig. »Seit dieser Warnung ist sie zweimal bei Ihnen gewesen, und das darf nicht wieder vorkommen.«

»Ihre Frau war gestern mit ihrer Schwester hier. Audrey aß bei mir, und Dora kam her, um sie abzuholen . . .«

»Aber an jenem Konzertabend war Audrey doch wohl nicht hier?« fuhr Elton mit bitterem Lächeln fort.

Marshalt antwortete nicht.

»Für die Gelegenheit wird es Ihnen wohl nicht gelingen, eine Ausrede zu erfinden«, fuhr Elton fort, indem er aufstand und nach Hut und Stock griff. »Sie sind ein schlauer Kerl, Marshalt

– ein dunkler Kunde freilich, wenn ich nicht sehr irre. Ich denke, es wird nicht erforderlich sein, daß ich mich in den bei solchen Gelegenheiten üblichen Redensarten ergehe und Sie zum Beispiel darauf hinweise, wieviel angenehmer es ist, ein lebendiger Millionär zu sein, als – was anderes. Die Geschworenen würden Ihren Anverwandten vermutlich ihr Beileid aussprechen – eine Auszeichnung, die mir nicht zuteil werden dürfte. Aber es ist sehr viel angenehmer, einen Bericht über das Ableben anderer Leute zu lesen, als die Hauptrolle beim eigenen zu spielen. Guten Morgen, Marshalt!«

In der Tür blieb er stehen.

»Sie brauchen meine Frau nicht erst anzurufen. Ich habe unsern Apparat vorsichtshalber unbrauchbar gemacht, bevor ich das Haus verließ«, sagte er und nickte ihm ernst zu.

Es war ein strahlender Wintertag, und Audrey seufzte erleichtert auf, als sie ihre täglichen Schreibereien gegen Mittag erledigt hatte und den großen, schweren Brief in den Hotelbriefkasten steckte.

Wer war nur dieser Herr Malpas, und was für Geschäfte betrieb er? Mit Unbehagen dachte sie an die bevorstehende Unterredung, die für sie vielleicht ein enttäuschendes Ende nehmen würde. Aber noch mehr beschäftigte sie sich mit der Freundschaft, die zwischen ihrer Schwester und Marshalt zu bestehen schien. Sie war geradezu entsetzt. So etwas hätte sie trotz aller bösen Erfahrungen doch nicht von Dora erwartet. Wenn sie nur an sie dachte, wurde sie von Ekel befallen und bemühte sich, zu minder schmerzlichen Grübeleien überzugehen. Erst jetzt wurde ihr völlig klar, was sie schon immer dunkel empfunden hatte, nämlich, daß Dora von jeher anderswo hingehört hatte und für sie stets eine Fremde gewesen war.

Als sie zum Lunch hinunterging, überreichte ihr der Portier einen Brief, der soeben für sie abgegeben worden war. Sie erkannte die Handschrift auf den ersten Blick und las voller Staunen nachstehende Zeilen:

Ich verbiete Ihnen, Marshalt wiederzusehen. Der Antrag, den er Ihnen heute machen wird, muß abgelehnt werden.

> Malpas

Staunend und ungehalten über diesen gebieterischen Ton steckte sie den Brief ein und begab sich in den Speisesaal. Sie war noch nicht mit dem Essen fertig, als ein Page ihr auch schon den angekündigten Brief von Marshalt überbrachte.

Er begann mit demütigen Entschuldigungen, erklärte, daß er sich sein rohes Benehmen niemals verzeihen werde, und schloß mit den Worten: ›Aber ich kenne Sie länger, als Sie ahnen, und liebe Sie heiß und aufrichtig. Wenn Sie einwilligen, meine Frau zu werden, so werde ich der glücklichste aller Sterblichen sein.‹

Ein Heiratsantrag! Empört stand sie vom Tisch auf, um ihre Antwort augenblicklich zu Papier zu bringen.

Mit Dank für das, was wohl ein Kompliment bedeuten soll, bedauere ich, Ihren Antrag nicht einmal in Erwägung ziehen zu können.

> Audrey Bedford

»Senden Sie das durch Eilboten ab!« sagte sie zu dem Portier und kehrte zu ihrer unterbrochenen Mahlzeit zurück. Aber der Brief hatte einen Entschluß in ihr reifen lassen.

Sie fuhr in die Curzon Street, wo das Mädchen sie nicht erkannte und sie als ›Fräulein Audrey‹ meldete. Audrey folgte ihr die Treppe hinauf und stand im nächsten Augenblick der zornglühenden Dora gegenüber.

»Nur ein paar Worte«, sagte sie.

Dora winkte dem Mädchen hinauszugehen. »Jede Sekunde, die du in meinem Hause verbringst, ist zuviel!« zischte sie. »Was willst du?«

»Ich möchte dich bitten, Marshalt aufzugeben, Dora.«

»Um ihn dir zu überlassen?«

»O nein, ich verachte ihn. Ich will nicht predigen, Dora – aber Martin ist nun doch einmal dein Mann, nicht wahr?«

»Ja, er ist mein Mann.«

Das klang so verzweifelt, daß Audrey Mitleid empfand und

sich ihrer Schwester näherte. Aber die wich mit haßerfüllten Augen vor ihr zurück.

»Rühr mich nicht an – du Gefängnisdirne! Du willst, daß ich ihn dir überlasse – daß ich Marshalt aufgebe? Ah, wie ich dich hasse! Von jeher hab' ich dich gehaßt, und Mutter haßte dich auch! Marshalt aufgeben? Ich werde ihn heiraten, sobald ich Martin los – sobald es soweit ist. Hinaus mit dir, Audrey Torrington!«

»›Torrington‹«, wiederholte Audrey tonlos. Dann wandte sie sich ab, ging zur Tür hinaus und die Treppe hinab.

Doch nun geriet Dora außer Rand und Band und lief ihr nach. »Du heuchlerische Diebin!« schrie sie außer sich. »Dich will er heiraten! Nie – niemals!« Im Nu hatte sie aus einer an der Wand befestigten Sammlung von alten Waffen einen langen Dolch herausgerissen und stieß zu. Audrey duckte sich instinktiv, und der Dolch fuhr in den Türpfosten. Dora zerrte ihn heraus. Wieder stieß sie zu, und in ihrer Todesangst strauchelte Audrey und fiel hin.

»Jetzt hab' ich dich!« kreischte die halb Wahnsinnige.

Da packte jemand ihr Handgelenk. Sie fuhr herum und starrte in die lustigsten Augen, die jemals in einem blatternarbigen, unredlichen Gesicht gezwinkert haben.

»Wenn ich eine Filmaufnahme unterbreche, so tut es mir leid«, sagte Slick Smith. »Aber vor Stahl hab' ich Angst – wahrhaftig, Angst!«

Slick Smith führte die fassungslose, bebende junge Frau nach oben, holte ihr ein Glas Wasser und sagte in beschwichtigendem Ton: »Daß Frauen sich doch immer wieder wegen irgendeines Mannes zum Narren machen! Und dieses Mädchen scheint so nett zu sein. Sie ging ja ins Gefängnis, um Sie zu retten, nicht wahr?«

Erst jetzt wurde Dora sich bewußt, daß er ein Fremder war. »Wer sind Sie?« stammelte sie.

»Ihr Mann kennt mich. Ich bin Smith – Slick Smith aus Boston. Verehrte Dame – er ist es nicht wert!«

»Nicht wert? Von wem sprechen Sie?«

»Von Lacy Marshalt. Ein ganz übler Bursche – das müssen Sie doch schon gemerkt haben. Martin mag ihn gern – und es würde mir verdammt leid tun, wenn er gefaßt würde, gerade als er seinen Revolver auf sich selbst richtet. So was kommt vor. Und vielleicht würden Sie im Gerichtssaal sitzen, und er würde Ihnen zulächeln, wenn der Richter die schwarze Kappe aufsetzt, bevor er Elton in die Todeszelle schickt. Und Sie würden erstarrt dasitzen und denken, was für ein Stinktier Marshalt war und daß Sie beide Männer ins Grab gebracht haben.«

»Hören Sie auf! Sie machen mich verrückt!«

»Sie wissen nicht, was für ein Hundsfott Marshalt ist –«

Sie hob abwehrend die Hand. »Ich weiß. Bitte gehen Sie jetzt!«

Als Slick Smith das Haus verließ, kam Elton gerade die Stufen herauf und fragte gereizt: »Was, zum Teufel, wollen Sie denn hier?«

»Ich wollte Ihnen sagen, daß Sie sich in acht nehmen und nicht so leichtgläubig sein sollten. Dieses vortrefflich gemachte Geld, das Stanford Ihnen andrehen will, wurde mir auch angeboten. Giovanni Strepessi in Genua stellt es her und hat schon eine Menge in Umlauf gesetzt, aber – als Nebengeschäft ist Einbruch weniger riskant und Bakkarat eine wahre Sinekure.«

»Ich weiß nicht, wovon Sie sprechen«, stammelte Martin.

»Und ich sage Ihnen, selbst Malpas' Schwindel ist besser als Stanfords neues Steckenpferd!«

»Was für einen Schwindel betreibt denn Malpas?«

Slick überlegte einen Augenblick. »Ich weiß nicht recht – aber gehen Sie nie allein zu ihm ins Haus! Ich sah ihn einmal – aber er sah mich nicht, und darum bin ich noch am Leben, Elton.«

16

Am Sonnabendmorgen saß Marshalt in seinem Arbeitszimmer am Schreibtisch, als Tonger ihm ein Bündel Briefe brachte. Der südafrikanische Millionär sah sie rasch durch und sagte dann unmutig: »Wieder nichts von unserm Freund aus Matjesfontain. Seit vier Wochen hat der Kerl nichts von sich hören lassen!«

»Vielleicht ist er tot«, meinte Tonger.

»Es könnte ja auch sein, daß Torrington etwas zugestoßen wäre«, entgegnete Marshalt.

»Sie sind ein Optimist, Lacy!« spottete Tonger und versank in Nachdenken. »Vielleicht kann er doch nicht schwimmen«, setzte er nach einer Pause hinzu.

Lacy blickte rasch auf. »Was soll das heißen?«

»Die Kinder eines Königlichen Kommissars sollten eigentlich auch schwimmen können«, fuhr Tonger fort. »Oder, wenn sie's nicht können –«

Lacy schwang sich auf seinem Stuhl herum und rief ungeduldig: »Jetzt hab' ich dein Gefasel satt! Sag mir gefälligst, was du meinst!«

»Na, vor ungefähr anderthalb Jahren nahmen die Kinder von Lord Gilbury ein Segelboot und fuhren aus der Tafelbai hinaus. Hinter dem Wellenbrecher kenterte das Boot, und sie wären ertrunken, wenn einer der Sträflinge, die dort arbeiteten, nicht ins Wasser gesprungen und hingeschwommen wäre – und sie gerettet hätte.«

Lacys Mund stand weit offen. »War es Torrington?« fragte er leise.

Tonger zuckte die Achseln. »Ein Name wurde nicht genannt. In den Zeitungen stand nur, daß der Sträfling hinkte und daß man von einer Begnadigung spräche.«

Wütend sprang Lacy auf und schlug mit der Faust auf den Tisch. »Natürlich!« stieß er zwischen den Zähnen hervor. »So muß es sein! Er ist frei, und seine Rechtsanwälte halten es geheim. Und du hast es die ganze Zeit gewußt, du Hund!«

»Gewußt habe ich nichts«, versetzte Tonger gekränkt. »Ich machte mir ja Gedanken, aber – glauben Sie, daß Dan Tor-

64

rington Sie in Frieden lassen würde, wenn er ein freier Mann wäre? Und warum sollte ich Ihnen mit solchen Gerüchten Angst machen? Ich weiß, daß ich Ihnen viel Dank schuldig bin, Lacy, und kenne Ihre guten und Ihre schlechten Seiten. Und ich hab' wahrhaftig keinen Grund, Torrington zu lieben. Wollte er nicht gerade an dem Tag, an dem Sie ihn faßten, mit meiner kleinen Elsie auf und davon gehen?« Er griff in die Tasche und holte einen zerlesenen Brief hervor. »Die ganzen Jahre hab' ich diesen Brief mit mir herumgetragen, den sie mir als ersten aus New York schrieb. Hören Sie zu:

»›Liebes Väterchen!
Ich möchte Dir sagen, daß ich ganz zufrieden bin. Ich weiß, daß Torrington verhaftet ist, und bin in mancher Hinsicht froh, daß ich auf seinen Wunsch hin hierher vorausreiste. Väterchen, willst Du mir verzeihen und mir glauben, daß ich ganz zufrieden bin? Ich habe hier in der Riesenstadt neue Freunde gefunden, und mit dem Geld, das Torrington mir gab, habe ich ein ganz einträgliches kleines Geschäft begründet. Nach Jahren, wenn alles vergessen ist, werde ich zu Dir zurückkehren.‹«

Er faltete den dünnen Briefbogen vorsichtig zusammen und schob ihn wieder in die Tasche. »Nein, ich habe keinen Grund, Torrington zu lieben«, sagte er, »sondern Grund, ihn zu hassen.«

»Haß ist Furcht«, murmelte Lacy. »Du fürchtest ihn auch.« Er begann langsam im Zimmer auf und ab zu gehen.

»Frau Elton sagt, sie hätte einen hinkenden Mann gesehen –«

»Ach was! Solche Damen sind immer nervös und sehen, wer weiß was ...« Er unterbrach sich plötzlich. Es klopfte dreimal gedämpft, aber deutlich, an die Wand. Lacy blieb stehen und wurde leichenblaß.

»Was – was ist das?« flüsterte er mit zitternden Lippen.

»Oh, irgendein Gehämmer«, sagte Tonger. »Vielleicht hängt der alte Mann Bilder auf.«

Lacy feuchtete die Lippen an und gab sich einen Ruck. »Du

kannst gehen«, murmelte er. »Heute nachmittag mußt du aber nach Paris fahren.«

»Nach Paris? Was soll ich in Paris – kann kein Wort Französisch und hasse Seefahrten. Schicken Sie doch jemand anders!«

»Es muß jemand sein, auf den ich mich verlassen kann. Ich werde Croydon anrufen, damit sie ein Flugzeug bereithalten. Dann kannst du vor Einbruch der Nacht zurück sein.«

»Flugzeuge sind auch nicht mein Geschmack! Wann kann ich denn zurück sein – falls ich überhaupt wiederkomme?«

»Wenn du um zwölf abfliegst, bist du um zwei in Paris, gibst den Brief ab und bist um drei schon wieder auf dem Rückflug.«

»Na, wenn es sein muß«, knurrte Tonger. »Wo haben Sie den Brief?«

»In einer Stunde kannst du ihn dir holen«, erwiderte Lacy.

Als er allein war, meldete er erst ein Gespräch nach Paris an, wählte dann die Nummer von ›Stormers Detektivagentur‹ und ersuchte, Herrn Willitt sofort zu ihm zu schicken. Darauf setzte er sich an den Schreibtisch und hatte seinen Brief gerade geschrieben und versiegelt, als Herr Willitt auch schon eintraf.

»Wenn ich nicht irre, sind Sie der Chef dieser Agentur?« begann Lacy zugleich, indem er auf einen Stuhl deutete.

Willitt schüttelte den Kopf. »Nur der Geschäftsführer«, sagte er. »Herr Stormer verbringt seine Zeit meistens bei unserer New Yorker Zweigagentur. In Amerika nehmen wir eine viel bedeutendere Stellung ein – werden oft mit Aufträgen der Regierung betraut. Hier –«

»Hier habe ich einen Auftrag für Sie«, fiel Lacy ihm ins Wort. »Haben Sie jemals von einem gewissen Malpas gehört?«

»Von dem alten Mann, der nebenan wohnt? O ja! Wir wurden ersucht festzustellen, wer er ist. Unsere Auftraggeber möchten auch eine Fotografie von ihm haben.«

»Wer sind die Leute?«

»Die Namen unserer Auftraggeber dürfen wir nicht verraten, Sir!«

Lacy holte ein Bündel Banknoten hervor, wählte zwei aus und schob sie dem Detektiv hin.

»Hm«, machte dieser, verlegen lächelnd, »vielleicht dies eine

Mal – ausnahmsweise. Es war wegen eines Mannes namens Laker, der vor einiger Zeit verschwand.«

»Laker? Kenn' ich nicht. Und kamen Sie an den alten Mann heran?«

»Nein, er lebt ja wie eine Auster.«

Lacy sann eine Weile nach. »Ich möchte, daß Sie den Mann unausgesetzt bewachen. Beobachten Sie das Haus Tag und Nacht von vorn und von hinten, und stellen Sie einen dritten Mann oben auf dem Dach meines Hauses auf.«

»Das wären also sechs Leute«, sagte Willitt, indem er sein Notizbuch hervorzog. »Und was sollen die tun?«

»Ihm folgen, feststellen, wer er ist, und mir womöglich eine Fotografie von ihm verschaffen.«

»Von wann ab?«

»Sofort. Ich werde veranlassen, daß der Mann, den Sie aufs Dach beordern, eingelassen wird, und mein Diener Tonger wird dafür sorgen, daß es ihm an nichts fehlt.«

Der Detektiv empfahl sich, als das Telefon klingelte und Paris sich meldete. Lacy Marshalt begann in geläufigem Französisch eine ganze Reihe von Anordnungen zu erteilen.

17

Am Nachmittag desselben Tages unternahm Audrey einen Spaziergang im Green Park, wo es um diese Zeit immer sehr still und leer war. Doch heute wehte dort ein so eisiger Nordwind, daß sie mitten auf der Brücke plötzlich umkehrte und dabei fast von einem Spazierstock getroffen worden wäre, den ein hinter ihr gehender Mann in der Luft herumwirbelte. Audrey erwiderte seine lebhaften Entschuldigungen mit freundlichem Kopfnicken und ging weiter am See entlang, bis sie eine Bank erreichte, auf der eine Frau weit zurückgelehnt saß und mit hintenübergebogenem Kopf gen Himmel starrte. Ihre ganze Stellung war so unnatürlich und sonderbar, daß Audrey unwillkürlich haltmachte, weil sie sich scheute, an ihr vorüberzugehen. Da kam auch jener Spaziergänger heran und sagte: »Was ist denn mit der Frau los?«

»Ja – ich weiß es auch nicht«, erwiderte Audrey ängstlich, worauf er rasch auf die Bank zuging und sie ihm besorgt folgte.

Die Frau schien dreißig bis vierzig Jahre alt zu sein. Ihre Augen waren halb geschlossen, Gesicht und Hände blau vor Kälte. Neben ihr lag eine kleine silberne Reiseflasche ohne Stöpsel, aus der irgendeine Flüssigkeit auf die Bank tropfte. Sonderbarerweise kam das Gesicht Audrey irgendwie bekannt vor, aber sie konnte sich nicht darauf besinnen, wo sie es gesehen hatte.

Der Mann hatte seine Zigarre weggeworfen und hob den Kopf der Unglücklichen behutsam empor. In diesem Augenblick kam ein Schutzmann dazu und fragte: »Ist die Frau krank?«

»Sehr krank, fürchte ich«, erwiderte der Mann ruhig. »Fräulein Bedford, gehen Sie lieber fort.«

Sie blickte ihn verwundert an. Woher kannte dieser gemütliche Spaziergänger ihren Namen?

»Gegenüber von der Horseguard-Wache steht ein anderer Wachtmeister, Fräulein«, sagte der Polizist. »Würden Sie wohl so gut sein, ihm zu sagen, er möchte die Unfallstation anrufen und dann hierherkommen?«

Eifrig eilte sie davon, und erst als sie fort war, erinnerte sich der Polizist gewisser strenger Vorschriften.

»Ich vergaß, nach ihrem Namen zu fragen!« sagte er. »Kennen Sie die Dame?«

»Jawohl, es ist Fräulein Bedford«, erwiderte der Mann, der kein anderer war als Slick Smith. »Ich kenne sie vom Sehen. Wir haben eine Zeitlang im selben Büro gearbeitet.« Er griff nach dem silbernen Fläschchen, hob den Stöpsel vom Boden auf und schloß es sorgfältig, worauf er es dem Beamten überreichte. »Sie werden dies brauchen«, sagte er und setzte bedeutungsvoll hinzu: »An Ihrer Stelle würde ich niemand, mit dem Sie's gut meinen, einen Schluck daraus tun lassen.«

»Glauben Sie, daß es Gift ist?« fragte der Mann erschrocken.

»Riechen Sie es nicht? Wie bittere Mandeln. – Die Frau ist tot.«

»Selbstmord?«

»Wer weiß! Schreiben Sie sich lieber auch meinen Namen auf: Richard James Smith, auf der Polizei als ›Slick‹ Smith bekannt. Ich stehe in den Registern von Scotland Yard.«

Jetzt erschien auch der andere Schutzmann und gleich darauf der Krankenwagen mit einem Arzt, der sogleich erklärte: »Sie ist tot. Gift – Zyankali oder Blausäure . . .«

Dick Shannon hörte durch Zufall von dem Ereignis und interessierte sich nicht dafür, bis der mit dem Fall betraute Beamte zu ihm kam, um sich nach Slick Smith zu erkundigen.

»Ja, ich kenne ihn: ein amerikanischer Schwindler oder Dieb. Hier hat er sich aber noch nichts zuschulden kommen lassen. Wer war die Frau?«

»Unbekannt. Es scheint Selbstmord vorzuliegen.«

Abends warf Audrey einen Blick in die Zeitung und las eine kurze Notiz:

Die Leiche einer unbekannten Frau wurde heute im Green Park gefunden. Man glaubt, daß Selbstmord mit Gift vorliegt.

Sie war also tot! Audrey wurde es ganz kalt. Wer konnte es nur sein? Sie wußte genau, daß . . .

Plötzlich fiel es ihr ein. Es war die betrunkene Frau, die neulich den Lärm an Marshalts Haustür gemacht hatte! Sie stand vom Tisch auf und ging ans Telefon, um Shannon anzurufen, und der freudige Ton seiner Stimme erweckte ein warmes Glücksgefühl in ihr.

»Wo sind Sie gewesen? Ich wartete schon immerfort auf einen Anruf von Ihnen. Es ist doch nichts geschehen?«

»Nein, aber ich las eben von der toten Frau im Green Park. Ich war dabei, als sie gefunden wurde, Captain Shannon, und ich glaube, daß ich sie kenne.«

Einen Augenblick blieb es still. Dann sagte Dick: »Ich komme.«

Fünf Minuten später saß er bei ihr, und sie berichtete.

»Ja, ich wußte schon, daß Slick Smith dabei war«, sagte er. »Und Sie kennen sie wirklich?«

»Ich glaube es bestimmt. Erinnern Sie sich, daß ich Ihnen von einer Frau erzählte, die an Marshalts Tür klopfte?«

»Ah!« machte Dick und pfiff leise durch die Zähne. »Ich möchte nicht, daß Sie bei dieser Sache als Zeugin auftreten«, fuhr er nach kurzem Nachdenken fort. »Das kann Smith tun – und mit Tonger werde ich heute abend sprechen. Übrigens – wann werden Sie Malpas besuchen?«

»Morgen«, erwiderte sie.

»Sie flunkern«, sagte er. »Sie wollen heute abend hin.«

Audrey lachte. »Ja – ich dachte nur, Sie würden Umstände machen.«

»Das werde ich auch. Zu wann hat er Sie hinbestellt?«

»Um acht soll ich kommen.«

Er sah nach der Uhr. »Dann werde ich zwei Fliegen mit einer Klappe schlagen«, sagte er. »Ich gehe jetzt zu dem Marshalt-schen Haus und erwarte Sie dann um drei Minuten vor acht an der Nordseite des Portman Square. Nein, bitte keine Einwendungen, Prinzessin! Versprechen Sie mir, nicht ins Haus zu gehen, bevor Sie mich gesprochen haben.«

Sie zögerte eine Sekunde, empfand dann aber ein Gefühl der Erleichterung, als sie das Versprechen gab.

18

Martin Elton legte seine Zeitung beiseite und sah nach der Uhr. Dabei fiel sein Blick wohl zum zwanzigsten Male auf seine Frau, die regungslos mit aufgestützten Ellbogen vor dem Kamin hockte und finster ins Feuer starrte.

»Was ist mit dir, Dora?«

»Ich fühle mich nicht wohl. Du wolltest doch noch ausgehen?«

»Ja, und ich komme spät zurück – erst gegen Mitternacht.«

»Stanford ist hiergewesen – hat er das Geld gebracht?« fragte sie, ohne aufzusehen.

»Ja, drei Millionen Franken. Das Zeug ist gut gemacht und ungefährlich. Klein wird es absetzen.«

»Wo hast du's?«

»In der Matratze in meinem Bett. Mach dir keine Sorgen darüber. Morgen lasse ich es fortschaffen. Gehst du noch aus?«

»Ich weiß noch nicht – es kann sein«, murmelte sie.

Er nickte und verließ das Zimmer. Sie hörte die Haustür zuschlagen und versank wieder in trübe Gedanken. Martin war ihr unheimlich. Er beobachtete sie – mißtraute ihr. Sie hatte Angst vor ihm, nicht für sich selbst, sondern für den Mann, den sie liebte. Ja, sie hatte begonnen, Martin zu hassen! Sie vergaß, was er alles für sie getan hatte, aus welcher Laufbahn er sie errettet hatte und wie gut und freigebig er stets zu ihr gewesen war.

Wenn Martin aus dem Weg wäre . . . Sie mußte ihn abschütteln, sonst würde er Lacy womöglich noch umbringen! Ja, es gab nur einen Ausweg, und seit vierundzwanzig Stunden hatte sie sich bemüht, sich mit dem Gedanken an diese Schandtat vertraut zu machen.

Eine halbe Stunde später plauderte der diensttuende Sergeant in der benachbarten Polizeiwache in der Vine Street mit dem Detektivchef Gavon, als eine blasse Frau hastig in das kahle Büro hereinkam. Gavon kannte sie und fragte freundlich: »Guten Abend, Frau Elton! Wünschen Sie mich zu sprechen?«

Sie nickte. Ihr Mund war wie ausgetrocknet, und die Zunge schien ihr den Dienst versagen zu wollen. »Ja«, stieß sie schließlich hervor, und ihre Stimme klang grell und verkrampft. »In Italien gibt es einen Mann, der französische Banknoten fälscht . . . Es sind schon viele in Umlauf.«

»Ja, das stimmt. Aber – kennen Sie jemand, der solches Geld hat?«

»In unserem Haus ist eine Menge«, sagte sie. »Mein Mann brachte es hin. Es steckt in seiner Bettmatratze. Oben am Bett ist eine kleine Schublade, die geht tief in die Matratze hinein. Da werden Sie's finden.«

Gavon wäre fast aus der Fassung geraten. »Ihr Mann?« fragte er ungläubig. »Gehört es denn ihm?«

»Ja.« Sie packte ihn am Arm. »Was steht darauf? Nicht wahr, sieben Jahre wird er kriegen?«

Angewidert entzog Gavon sich ihren Händen. Angebereien waren ihm nichts Neues – aber Dora Elton!

»Sie sind dessen ganz sicher? Warten Sie hier!«

»Nein, nein, ich muß fort – muß irgendwo . . . Das Mädchen wird Sie einlassen.«

In der nächsten Sekunde flog sie die Straße entlang. Aber jemand war noch rascher als sie, und als sie in eine Seitenstraße einbog, war jemand neben ihr. »Martin!« schrie sie.

Er sah sie mit lodernden Augen an, und sie hob abwehrend die Hände.

»Du warst in der Vine Street?« flüsterte er.

»Ich – ich mußte«, stammelte sie, bleich wie ein Tuch.

Er nickte. »Ich sah dich. Ich war drauf gefaßt – wenn ich es auch kaum für möglich hielt. Du kannst der Polizei viel Mühe sparen, wenn du wieder hingehst und ihnen sagst, daß kein Geld da ist. Seit acht Tagen trägst du dich mit dem Gedanken, mich festsetzen zu lassen.«

»Martin!« wimmerte sie.

»Du dachtest, daß du dich besser mit Marshalt amüsieren könntest, wenn ich aus dem Weg wäre«, fuhr er unerbittlich fort, »aber darin irrst du dich, mein Kind! Mit Lacy rechne ich heut abend ab. Geh nur wieder hin und erzähl das auch deinen Polizeifreunden!«

»Wo willst du hin?« Sie klammerte sich an ihn, aber er stieß sie beiseite und ging davon, und als sie, halb von Sinnen, zu der nächsten Telefonzelle wankte, rief sie Marshalts Nummer vergeblich an.

19

Inzwischen war Shannon nach dem Portman Square gefahren. Tonger machte ihm auf und erklärte: »Marshalt ist nicht da!«

Dick spazierte ohne weiteres in die Halle hinein und machte die Haustür zu. »Ich komme nicht nur wegen Marshalt«, sagte er ruhig. »Erinnern Sie sich der Frau, die vor acht Tagen hierherkam – und die Sie hinauswarfen?«

Tonger nickte und öffnete die Tür zum Wohnzimmer. »Kommen Sie herein, Captain«, sagte er, indem er Licht machte. »Ich bin eben erst von einer Reise mit dem Flugzeug zurückgekehrt, und mir ist noch sehr schlecht. Was ist denn mit der Dame vorgefallen?«

»Heute nachmittag wurde im Green Park eine tote Frau aufgefunden, und ich habe Grund zu der Annahme, daß es dieselbe Person ist, die hier den Spektakel machte.«

Tonger starrte ihn mit offenem Mund an. »Das kann ich mir nicht denken«, versicherte er. »Im Park? Ich weiß nichts von ihr.«

»Sie sagten doch, es wäre eine Frau Soundso aus Fourteen Streams.«

»Ja, den Namen gab sie an. Wünschen Sie, daß ich sie mir ansehe?«

»Da Sie sich nicht wohl fühlen, hat es wohl Zeit bis morgen«, sagte Dick.

»In ein Flugzeug kriegt Lacy mich nicht wieder 'rein«, bemerkte Tonger und geleitete Shannon hinaus. »Übrigens – wie ist sie denn umgekommen, die Frau?«

»Vermutlich durch Gift. Ein Fläschchen lag neben ihr.«

Er stand schon auf der Schwelle, und während er noch sprach, schloß sich die Tür ganz sachte. Ein unmanierlicher Bursche! dachte Shannon. Als er das Trottoir erreichte, machte er plötzlich halt und rief halblaut: »Frau Elton?«

Sie blieb stehen und fuhr herum. »Wer–«, begann sie mit zitternder Stimme. »Oh, Sie! Captain Shannon, haben Sie Herrn Marshalt gesehen?«

»Nein.«

»Ich wollte zu ihm, aber das Schloß an der Hintertür muß geändert worden sein. Deshalb bin ich nicht ins Haus gekommen. O Gott, was soll nur werden!«

»Wieso?« fragte er verwundert.

»Martin ist doch nicht da? – Nein? – Oh, wie ich sie hasse, die Heuchlerin! Sicherlich ist er mit ihr zusammen. Was Martin tut oder weiß, macht mir nichts aus, aber wenn Lacy mich betrügt . . .« Sie schluchzte laut auf.

»Von wem sprechen Sie denn nur?« rief er verwirrt.

»Ich meine Lacy und Audrey«, jammerte sie und rannte wie gejagt davon.

Einen Augenblick starrte er ihr sprachlos nach. Dann ging er weiter, und nun traf er mit Audrey zusammen.

»Kommen Sie bitte nicht mit herein«, bat sie, als sie vor Nr. 551 standen.

»Ich lasse Sie auf keinen Fall allein hineingehen!« erklärte er energisch.

»Lieber ist es mir ja freilich, wenn es mir auch wie ein Unrecht gegen den alten Mann vorkommt«, murmelte sie und klopfte an die Tür.

»Wer ist da?« fragte die harte Stimme durchs Tortelefon.

»Fräulein Bedford.«

Sofort öffnete sich die Tür, und sie schlüpften hinein. In der Halle brannte nur schwaches Licht. »Warten Sie hier«, flüsterte Audrey, als sich die Tür hinter ihnen schloß. Er nickte nur, aber als sie oben stand und die Hand hob, um anzuklopfen, sah sie ihn lautlos die Treppe heraufkommen. Sie schüttelte abwehrend den Kopf. Zweimal klopfte sie an und hob die Hand zum drittenmal, als drinnen im Zimmer rasch hintereinander zwei Schüsse fielen.

Im Nu stand Dick neben ihr und stemmte die Schulter gegen die Tür. Sie ging sofort auf. Er stand in einem hellerleuchteten Flur vor der offenen Tür eines dunklen Zimmers.

»Ist jemand da?« rief er laut und vernahm eine schwache Bewegung.

»Wer ist da?« rief er nochmals, und im selben Augenblick flammten zwei Lichter auf: eine Tischlampe und eine verhängte Birne über einem kleinen Tisch und einem Stuhl.

Und mitten im Zimmer, mit dem Gesicht nach unten, lag ein Mann.

Shannon stürzte hin. Ein Draht traf ihn gegen die Brust, ein zweiter, niedrig gespannter, brachte ihn fast zu Fall. Aber im Lichtkegel seiner Taschenlampe sah er den dritten, den er durch einen Fußtritt beseitigte. In der nächsten Sekunde kniete er neben der regungslosen Gestalt und drehte sie um.

Es war Lacy Marshalt, und über seinem Herzen war das Hemd durch eine aus nächster Nähe abgefeuerte Waffe geschwärzt.

»Tot!« stieß Shannon keuchend hervor.

»Was ist?« flüsterte Audrey in Todesangst.

»Bleiben Sie da stehen!« befahl Dick leise. »Verlassen Sie das Zimmer nicht!« Dann ging er um den Schreibtisch herum und entdeckte dahinter das kleine Schaltbrett für die Türen. Er legte die Hebel einen nach dem andern um und kehrte dann zu Audrey zurück.

»Ich denke, daß die Türen jetzt offen sein werden«, sagte er, indem er ihren Arm nahm und mit ihr nach unten eilte.

»Was ist geschehen?« fragte sie nochmals. »Wer ist der – der Mann?«

»Das werde ich Ihnen später sagen.«

Die Haustür stand weit offen, und er lief auf die Straße hinaus. Eine Taxe stand an der Ecke und kam auf den schrillen Ton seiner Pfeife hin rasch heran.

»Fahren Sie ins Hotel zurück«, sagte er zu Audrey, »und erwarten Sie mich da.«

»Sie dürfen nicht wieder in das Haus hineingehen!« flehte sie angstvoll. Sie umfaßte seinen Arm mit beiden Händen. »Bitte, bitte, nicht! Es wird Ihnen etwas zustoßen – ich fühle es!«

Er löste sanft ihre Hände.

»Sie brauchen keine Angst zu haben«, sagte er. »Ich werde gleich eine Menge Polizisten hierhaben, und –«

Krach!

Er drehte sich um – die Haustür war zugeschlagen.

»Es ist noch jemand im Haus!« flüsterte sie. »Gehen Sie um Gottes willen nicht hinein! Captain Shannon – Dick! Gehen Sie nicht hinein!«

Er rannte die Stufen hinauf und warf sich gegen die Tür, aber sie zitterte nicht einmal.

»Es sieht beinahe so aus, als ob sie mir's unmöglich gemacht hätten«, sagte er. »Aber fahren Sie nun, bitte!«

Das Auto hatte sich kaum in Bewegung gesetzt, als er schon mit beiden Fäusten gegen die Tür hämmerte. Eine Antwort erwartete er nicht. Dann wurde es ihm plötzlich eiskalt, als dicht an seinem Ohr ein irrsinniges Gelächter gellte.

»Ich hab' ihn – ich hab' ihn – ich hab' ihn!« schrie die Stimme, und dann trat Totenstille ein.

»Öffnen Sie!« schrie Shannon heiser. »Öffnen Sie! Ich muß Sie sprechen!«

Keine Antwort.

Jetzt kam ein Schutzmann gelaufen und gleich darauf ein anderer Mann, in dem Dick sofort den Privatdetektiv Willitt erkannte.

»Ist irgend etwas los, Captain?« fragte dieser.

»Was machen Sie hier?« entgegenete Dick.

»Ich beobachte das Haus im Auftrag von Herrn Marshalt.«

Shannon horchte auf. »So?« fragte er. »Haben Sie auch jemanden hinter dem Haus stehen?«

»Jawohl, und einen dritten auf dem Dach des Marshaltschen Hauses.«

»Dann gehen Sie nach hinten zu Ihrem Kollegen. Sind Sie bewaffnet?«

Der Mann zögerte.

»Ach, Sie haben einen Revolver und keinen Waffenschein! Nun, lassen wir das. Gehen Sie nach hinten und denken Sie daran, daß wir es mit einem Mörder zu tun haben, der nicht davor zurückscheuen wird, Sie niederzuschießen, genauso, wie er Marshalt erschossen hat.«

»Marshalt?« stammelte Willitt. »Erschossen?«

»Er ist tot«, sagte Dick kurz. Dann schickte er den Schutzmann fort, um mehr Leute und einen Krankenwagen herbeizurufen und begab sich auf die Straße hinter dem Haus, wo die beiden Detektive Wache hielten. Dort war nichts zu sehen als eine hohe Mauer mit einer verschlossenen Tür. Mit Willitts Hilfe kletterte er auf die Mauer hinauf; er erblickte im Schein seiner Taschenlampe einen kleinen Hof und eine kleine Haustür, die sicherlich ebenso verschlossen war wie die Tür in der Mauer.

Als Dick zum Portman Square zurückkehrte, fand er dort eine ganze Schar von Polizisten und unter ihnen auch Steel vor. Einer von ihnen trug eine schwere Feuerwehraxt, aber sobald er den ersten Schlag geführt hatte, sagte Dick: »Die Tür ist mit Stahl verkleidet. Wir müssen sie sprengen.«

Aber im selben Augenblick geschah ein Wunder. Es knackte leise, und die Tür öffnete sich langsam. »Einen Keil dazwischen!« rief Dick und stürmte nach oben. Es war ganz hell, aber Dick blieb auf der Schwelle stehen und sah sich verwirrt um. Marshalts Leiche war verschwunden!

20

»Alle Zimmer durchsuchen!« befahl Shannon. »Der Mann muß noch im Hause sein. Er ist hier gewesen.« Dabei deutete er auf die Papiere, die wirr und teilweise blutbefleckt auf dem Schreibtisch umherlagen.

Er selbst begann hinter den Samtvorhängen nach einem zweiten Ausgang zu suchen, und plötzlich murmelte er: »Großer Gott!«

Hinter einem der Vorhänge saß auf einem breiten Gestell ein großer bronzener Götze, und hinter diesem hing eine goldene Sonne, deren Flammen mit Tausenden von kleinen Rubinen besetzt waren und wie Feuer zu lodern schienen. Rechts und links von dem Götzen standen zwei katzenartige Bronzetiere mit funkelnden grünen Augen.

»Smaragde – und zwar echte Smaragde«, sagte Dick. »Sind wir denn in Ali Babas Höhle hineingeraten? Der Götze erscheint mir wie ein Mittelding zwischen Pluto und der Medusa – sehen Sie doch nur die Schlangenhaare!«

Es war eine scheußliche Gestalt – mit zackigen Elefantenzähnen, die sich zu bewegen schienen.

»Der alte Herr scheint ein Teufelsanbeter gewesen zu sein«, erklärte Dick und deutete auf zwei rauchgeschwärzte Schalen.

»Das ist Blut«, murmelte Steel und beleuchtete einen schmierigen roten Fleck mit seiner Taschenlampe. »Und wonach riecht es hier so?«

»Der Teppich glimmt«, bemerkte einer der Leute und nahm

mit seiner behandschuhten Hand ein halberloschenes Stück Kohle auf.

Schließlich wurde in einer Ecke eine kleine Tür entdeckt, die der Feuerwehraxt nicht widerstand, und hinter der eine Steintreppe zu einem Vorderzimmer hinabführte. Hier waren allerlei seltsame Sachen gestapelt: Haufen von Fellen und Zulu-Assagais und eine große Sammlung von greulichen Götzenbildern. Mitten dazwischen stand ein mit leuchtenden Farben bemalter ägyptischer Sarkophag, dessen Deckel aus einer geschnitzten Menschengestalt bestand. Shannon lüftete den Deckel – der Sarkophag war leer.

»Marshalts Leiche befindet sich noch im Haus«, erklärte Dick mit Bestimmtheit, als sie wieder nach oben zurückkehrten. »Ob es eine Verbindung zwischen den beiden Häusern gibt?«

»Nein«, erwiderte Steel. »Die Wände sind massiv. Ich habe sie in allen Stockwerken geprüft.«

Ein Polizeiinspektor hatte sich am Schreibtisch niedergelassen und überreichte Dick einen halben Briefbogen, bei dessen Anblick es Dick kalt über den Rücken lief. Der Bogen trug den Aufdruck von Audreys Hotel und war offenbar von ihrer Hand geschrieben.

›Wollen Sie mich heute abend um acht besuchen? Herr M. wird Sie einlassen, wenn Sie klopfen.

A.‹

Audrey! Aber er verlor nur eine Sekunde lang die Fassung, denn die Sache war ihm sofort klar. Er nahm Steel beiseite und zeigte ihm den Brief. »Dies ist einer von den Briefen, die Fräulein Bedford für den alten Herrn zu schreiben pflegte«, sagte er und setzte dann hinzu: »Ich werde hinübergehen und Tonger benachrichtigen.«

Draußen hatten sich trotz der späten Stunde viele Neugierige angesammelt, und auch im Marshaltschen Hause war noch Licht, als Dick schellte. Aber es blieb alles still, dann hörte er Steel rufen und kehrte zurück, um zu sehen, was dieser wollte. Dicks Fuß berührte schon das Pflaster, als im Haus hinter ihm ein Schuß knallte, auf den rasch nacheinander noch zwei weitere folgten.

Gleichzeitig ertönte gellendes Geschrei, und die Tür wurde aufgerissen.

»Mord!« kreischte eine Frauenstimme.

Sofort stürzte er hinein, schob eine ohnmächtig umgefallene Frauengestalt beiseite und lief in die Halle, wo er ein hysterisches Hausmädchen und eine einigermaßen gefaßte Köchin vorfand. Diese wußte aber auch nichts weiter zu sagen als: »Oben! – In Herrn Marshalts Arbeitszimmer!«

Shannon sprang in langen Sätzen die Treppe hinauf und gewahrte rechts eine offenstehende Tür. Quer über die Schwelle ausgestreckt lag Tonger.

Er war tot – aus nächster Nähe erschossen. Der Tod mußte augenblicklich eingetreten sein.

Nachdem die Leiche fortgeschafft worden war, fragte Dick die Mädchen, wer die Tür geöffnet habe, aber sie wußten es selbst nicht. So kehrte er denn nach Nr. 551 zurück, wo man inzwischen alle Zimmer bis auf eins im obersten Stock erfolglos durchsucht hatte; dieses eine ließ sich nicht öffnen. »Holen Sie ein Brecheisen!« befahl er. »Ich gehe nicht aus dem Haus, bevor wir nicht jeden Winkel genau durchforscht haben.«

Gleich darauf stand er allein in dem schwarzdrapierten Zimmer, als ein Mann hereinkam, in dem er zu seiner Verwunderung den lahmen ›Herrn Brown‹ erkannte.

»Wie kommen Sie hierher?« fragte er. »Steht denn kein Schutzmann vor der Tür?«

»Wenn einer da war, habe ich ihn nicht gesehen«, lautete die gelassene Antwort. »Ich bin wohl unerwünscht hier?«

»Ich fürchte, ja«, entgegnete Dick. »Aber ich werde Sie nicht wieder gehen lassen, ehe ich weiß, wie Sie hereingekommen sind.«

Er begleitete ihn nach unten. Der Beamte an der Tür hatte ihn nicht hereinkommen sehen.

»Was bedeutet das?« fragte Dick in strengem Ton.

»Der Wachtmeister hat offenbar vergessen, daß er auf die Straße ging, um die Menge zurückzudrängen«, bemerkte Brown lächelnd.

Der Beamte gab dies zu.

»Wo wohnen Sie?« fragte Dick unmutig den Besucher.

»Immer noch im ›Ritz-Carlton‹.«

Da Dick festgestellt hatte, daß er tatsächlich ein Gast dieses eleganten Hotels war, ließ er ihn gehen, obwohl ihm die ganze Sache nicht gefiel, und begab sich wieder nach oben, wo zwei Beamte die verschlossene Tür bewachten, an der weder ein Griff noch ein Schloß zu entdecken war.

»Sie muß von innen verschlossen sein, Captain«, meldete der eine Polizist. »Es ist irgend jemand drin. Es klingt, als ob ein Tisch über den Fußboden gezogen wird.«

Dick lauschte und hörte nach einer Weile ein ganz leises Geräusch wie von einer verrosteten Türangel.

»Wir haben es mit einer Axt versucht, hatten aber nicht genug Spielraum«, sagte Steel. »Jetzt kommen die Leute mit einer Brechstange.«

»Hören Sie?« sagte einer von den Leuten plötzlich.

Man hätte taub sein müssen, wenn man es nicht gehört hätte: Erst klang es, als ob ein Stuhl umfiele, dann folgte ein dumpfer Ton wie von einem fallenden Körper.

Endlich begannen die Leute mit der Brechstange zu arbeiten, und nach zwei Minuten gab die Tür nach.

Das Zimmer war bis auf einen Tisch und einen am Boden liegenden Stuhl völlig leer. Dick sprang rasch auf den Tisch und rüttelte an dem Oberlichtfenster, aber es war geschlossen. Dann richtete er den Lichtkegel seiner Taschenlampe nach oben und erblickte durch das schmutzige Fenster die Umrisse eines herabstarrenden Gesichts – aber nur eine Sekunde lang. Dann verschwand es. Ein langes spitzes Kinn, eine hohe, stark vorspringende Stirn, eine scheußlich große Nase . . .

»Die Brechstange – schnell!« rief Dick und stieß mit der Faust gegen den schweren Fensterrahmen. Nach wenigen Minuten schwang er sich auf das flache Dach hinaus. Er ging vorsichtig um einen Schornstein herum, als eine Stimme ›Hände hoch!‹ rief. Dick erinnerte sich, daß Willitt von einem Posten auf dem Dach gesprochen hatte.

»Sind Sie einer von Willitts Leuten?« rief er der Gestalt im dunklen Mantel zu.

»Ja, Sir.«

»Ich bin Captain Shannon von Scotland Yard. Haben Sie hier irgend jemanden gesehen?«

»Nein, Sir.«

»Bestimmt nicht?« fragte Dick betreten.

»Ganz bestimmt nicht, Sir. Einmal klang es, als ob hier jemand ginge, aber das war am andern Ende des Daches.«

Dick ließ den Schein seiner Lampe spielen und entdeckte schließlich einen mit Knoten versehenen Strick, der an einem Schornstein festgebunden war und über den Dachrand hinabhing. Wieder begann er den Mann zu befragen, und dann sagte er plötzlich: »Sie sind Amerikaner?«

»Jawohl, Sir, ich habe drüben auch diese Art von Arbeit gemacht«, erwiderte der Mann.

Mit Steels Hilfe wurden nach langem Suchen zwei Gegenstände auf dem Dach gefunden: eine Patronenhülse aus einer Pistole und ein kleines goldenes Zigarettenetui mit drei Zigaretten. Dick gewahrte mit Befriedigung ein Monogramm in einer Ecke des Etuis.

»Ich glaube, jetzt haben wir den Mann«, sagte er ernst.

21

Dora Elton hörte ihren Mann nach Hause kommen und nahm sich zusammen. Sie fror, obwohl sie ihren Pelzmantel noch anhatte und das Zimmer ganz warm war.

Lacy Marshalt war tot. Auch wenn sie nicht unter der Menge auf dem Portman Square gestanden und es gehört hätte, würde sie es an dem jähen Aufhören einer Art von Besessenheit gemerkt haben – und nun war ihr zumute wie einem Mörder am Morgen des Hinrichtungstages.

Der Türknauf drehte sich, und Martin Elton trat ein. Bei seinem Anblick zuckte ihre Hand zu ihrem Mund empor, um einen Schrei zu unterdrücken. Sein Gesicht und seine Hände waren schmutzig, sein Frack mit Staub beschmiert und voller Flecke, von einem Hosenbein hing ein Fetzen Tuch herab und enthüllte ein zerschrammtes Knie. Die blutlosen Lippen zuckten krampfhaft in dem hohläugigen, gealterten Gesicht.

Eine Sekunde lang blieb Elton in der Tür stehen und starrte sie an. Es lag weder Vorwurf noch Zorn in seinem Blick »Hallo!« sagte er. »Die Polizei ist also doch gekommen?«

»Die Polizei?«

»Ja, du schicktest sie doch her, um nach dem Geld zu suchen. Ich sprach mit Gavon: Er hatte offenbar Lust, eine Haussuchung vorzunehmen. Du wirst das doch wohl nicht vergessen haben?«

Aber sie hatte es wirklich vergessen. Es war seitdem soviel geschehen.

»Ich verhinderte es. Gavon glaubt, daß du hysterisch bist.« Er spreizte seine schmutzigen Finger über dem Feuer. »Das glaube ich übrigens auch. Aber nun will ich baden und mich umziehen.«

Plötzlich fuhr sie mit der Hand in seine Tasche, holte einen großen Browning heraus und untersuchte ihn. Die Pistole war kürzlich abgefeuert worden und roch noch nach Pulver.

»Haben sie dich gesehen?« fragte sie leise.

»Ich weiß es nicht – es kann sein. Was willst du tun?«

»Zieh du dich nur um! Ich habe noch einen Gang zu machen – bin in einer Viertelstunde wieder hier.«

»All right«, murmelte er dumpf.

Sie kannte eine Brücke am Regentkanal und fuhr in einer Taxe hin. Nachdem sie den Wagen bezahlt und entlassen hatte, ging sie mitten auf die Brücke und ließ die Pistole hinabfallen. Sie hörte deutlich, wie sie das dünne Eis zerschlug. Darauf ging Dora zum anderen Kanalufer weiter und fand sehr bald wieder ein Auto.

Martin saß in seinem Ankleidezimmer und schlürfte eine Tasse heißen Kaffee, als sie zurückkehrte. Er erriet, wo sie gewesen war.

»Es tut mir leid, daß du dich wegen des Geldes so dumm benommen hast«, sagte er. »Ich hatte es mir anders überlegt und es Stanford zurückgegeben. Gavon war hier, während wir aus waren.«

» Ja, Lucy sagte irgend so etwas. Was hast du mit deinen Kleidungsstücken gemacht? «

»Im Ofen«, sagte er kurz.

»Ich gehe zu Bett«, murmelte sie und hielt ihm ihr Gesicht zum Kuß hin.

»Frauen sind wunderlich«, sagte er vor sich hin, als sie das Zimmer verlassen hatte. Er selbst ging nicht zu Bett. Sein Anzug lag für die erwartete plötzliche Vorladung bereit. Die ganze Nacht hindurch saß er grübelnd am Kaminfeuer – aber er bereute nichts. Er war eingeschlafen, als er um sieben von dem Hausmädchen geweckt wurde.

»Ein Herr möchte Sie sprechen, Sir – Captain Shannon.«

Martin erhob sich fröstelnd: »Ich lasse bitten«, sagte er, und Dick Shannon kam sofort herein.

»Morgen, Elton! Ist das das Ihre?« Er hielt ihm das goldene Zigarettenetui hin.

» Ja, es ist meins.«

Dick Shannon steckte es wieder ein. »Wollen Sie mir bitte erklären, wie es kommt, daß wir es dort fanden, wo Marshalt ermordet wurde?«

»Um welche Zeit wurde der Mord begangen?« erwiderte Elton höflich.

»Um acht.«

Martin nickte. »Um acht Uhr befand ich mich in der Polizeiwache in der Vine Street und setzte Inspektor Gavon auseinander, daß meine Frau zeitweise an Anfällen von Geistesstörung leidet. Wußten Sie das nicht?«

In diesem Augenblick trat Dora bleich und hohläugig ins Zimmer.

»Was ist geschehen?« fragte sie.

»Shannon sagte mir soeben, daß Lady Marshalt tot ist«, erklärte Elton. »Das war mir ganz neu. Wußtest du es schon?«

» Ja – und warum ist Captain Shannon hier?«

»Weil mein Zigarettenetui sich wie durch Zauberei auf das Dach des Malpasschen Hauses verirrt hat«, erklärte Martin lächelnd.

83

»Daß es da gefunden wurde, habe ich nicht gesagt!« warf Dick ein.

»Dann muß ich es wohl geträumt haben«, entgegnete Martin gelassen.

»Hören Sie, Elton, ich rate Ihnen, mir gegenüber so offen zu sein, wie es mit Ihrer Sicherheit vereinbar ist«, sagte Dick. »Wie kommt es, daß das Etui auf dem Dach des Hauses Portmann Square 551 gefunden wurde?«

»Ich hab' es da verloren, als ich früh am Abend versuchte, in Marshalts Haus einzudringen, um – um eine kleine Abrechnung mit ihm zu halten. Aber es war nicht möglich, das Dach zu erreichen. Auf das Haus nebenan kam man ziemlich leicht hinauf, aber als ich von dort aus bei Marshalt eindringen wollte, stieß ich auf Schwierigkeiten. Und gestern abend wurde es noch schwieriger, weil sich ein Mann auf dem Dach befand – vermutlich ein Detektiv.«

»Wie gelangten Sie wieder herunter?« fragte Dick.

»Das war ja das Erstaunliche! Irgend jemand hatte glücklicherweise für einen Strick gesorgt, der am Schornstein festgebunden und in regelmäßigen Abständen geknotet war – ich kann nur sagen, daß er fast so bequem war wie eine Leiter.«

Shannon sann einen Augenblick nach und ersuchte Martin dann, mit ihm in die Vine Street zu kommen. »Wir müssen Ihre Geschichte genau nachprüfen«, sagte er.

Zu seiner Verwunderung wurden Martins Aussagen auf der Polizeiwache vollauf bestätigt. »Ja, Herr Elton war um acht Uhr hier; er sah aus, als ob er von einem Maskenball käme«, sagte der Beamte. »Ganz zerlumpt und beschmutzt.«

»Und diese Uhr hier geht richtig?« fragte Dick.

»Ja, jetzt geht sie wieder«, erwiderte der Inspektor. »Nur gestern abend blieb sie einmal stehen – gerade um die Zeit, als Sie hier waren, Elton. Es muß wohl an der Kälte gelegen haben, denn wir brauchten sie nur ganz wenig aufzuziehen, um sie wieder in Gang zu setzen.«

»Die dumme Uhr wird wahrscheinlich Ihre Rettung werden«, sagte Dick, als sie wieder draußen waren. »Ich habe mir eine

Vollmacht für eine Haussuchung bei Ihnen verschafft und werde diese jetzt durchführen.«

»Wenn Sie irgend etwas finden, was für Sie von Wert ist, werde ich der erste sein, der Sie beglückwünscht«, erwiderte Bunny Elton kühl.

22

Die Zeitungen berichteten genau und wahrheitsgetreu über das Ereignis der vergangenen Nacht, und der ›Globe Herald‹ fügte hinzu:

›Die Polizei steht vor einem fast unlösbaren Rätsel –‹ oder vielmehr vor einer Reihe von Rätseln, die wir hier aufzählen wollen:
1. Wie gelangte Marshalt in das sorgsam gesicherte Haus des Sonderlings hinein? Da er seinen Nachbar so fürchtete, daß er sich von Privatdetektiven schützen ließ, muß er einen starken Beweggrund gehabt haben, um sich zum Betreten des geheimnisvollen Hauses zu entschließen.
2. Auf welche Weise wurde Marshalts Leiche aus Nummer 551 entfernt?
3. Wer tötete den Bedienten Tonger und aus welchem Grund?
4. Wo ist Malpas? Ist er etwa auch in die Hände der gespenstischen Verbrecher gefallen?‹

Dick nickte anerkennend, als er diesen Artikel las. Auch daß bei aller Genauigkeit mehrere wichtige Punkte übersehen worden waren, war ihm sehr lieb. Gleich morgens um zehn Uhr hatte er Marshalts Köchin verhört, die aber nichts weiter auszusagen wußte, als daß ihr Herr das Haus abends um halb acht verlassen hätte, daß Tonger sich gut mit ihm gestanden hätte und ein recht enthaltsamer Mann gewesen sei. Nur in der letzten Zeit hätte er angefangen zu trinken, und da habe sie ihm zu seinen Mahlzeiten statt der bisher von ihm verlangten Zitronenlimonade stärkere Getränke hinaufschicken müssen.

Alles dies sagte ihm nicht viel, und er beschloß, Audrey aufzusuchen, um zu sehen, ob sie vielleicht einige von den Lücken ausfüllen könnte. Er fand sie in dem leeren Speisesaal, wo sie ihr Frühstück einnahm.

»Ich habe schon die Zeitungen gelesen«, sagte sie. »Sie sind ja recht genau unterrichtet.«

»Ja«, bestätigte er und holte den auf dem Schreibtisch gefundenen Briefbogen hervor. »Ist dies vielleicht einer von den Briefen, die Sie für Malpas geschrieben haben?«

»Es ist meine Handschrift«, erwiderte sie. »Besinnen kann ich mich nicht darauf. Ich schrieb all die Sachen immer ganz mechanisch ab, weil sie mir teils sinnlos, teils wunderlich vorkamen. Übrigens – was soll ich jetzt mit dem Geld tun, das er mir gegeben hat?«

»Heben Sie es für seine Erben auf«, sagte er finster.

»Aber er ist doch nicht tot?« rief sie aus.

»Genau sieben Wochen nach dem Tag, an dem ich ihn fasse, wird er tot sein, der alte Teufel!«

Dann fragte er sie noch einmal nach Malpas' Aussehen und schrieb sich ihre Angaben auf. Es war der Mann, dessen Gesicht er durchs Oberlichtfenster gesehen hatte!

Als Dick fort war, ging Audrey wieder nach oben in ihr Zimmer und legte sich ins Bett, denn die gestrigen Erlebnisse hatten sie furchtbar angegriffen und erschüttert.

Sie mußte wohl eingeschlummert sein, denn plötzlich fuhr sie erschrocken in die Höhe.

Ihre Tür war jetzt nur angelehnt, und sie wußte genau, daß sie sie vorher geschlossen hatte. Wer hatte sie geöffnet? Sie ging auf den Flur hinaus, aber es war niemand zu sehen. Ob sie sich nicht doch geirrt hatte?

Da sah sie einen Brief am Boden liegen, bei dessen Anblick ihr der Atem verging. Er war von Malpas.

Sie riß ihn mit zitternden Fingern auf. Es war ein unordentliches Gekritzel:

Lacy und sein Untergebener sind tot. Sie werden denselben Weg gehen, wenn Sie mich verraten. Erwarten Sie mich heute abend um neun am Eingang von St. Dunstan, Outer Circle. Wenn Sie es Shannon verraten, wird es ihm und Ihnen schlecht bekommen.

Sie überflog die Zeilen noch einmal, und ihre Hand zitterte. St. Dunstan, das Heim für blinde Soldaten, lag weit draußen in einer einsamen Gegend. Sollte sie Dick zu Rate ziehen? Ihr erster Gedanke galt ihrer Angst – der nächste seiner Sicherheit. Nein, sie durfte diesen Brief nicht unbeachtet lassen, und Dick durfte sie nicht ins Vertrauen ziehen, denn er suchte nach Malpas, und es konnte sein, daß sie ihn in den Tod führen würde!

Den ganzen Tag über schlug sie sich mit dem Problem herum, und dabei hatte sie beständig ein dunkles, quälendes Gefühl, als ob sie bewacht oder doch beobachtet würde. Wer war nur dieser rätselhafte Mann – dieser graue Schatten, der ungesehen kam und ging?

Sie hoffte immer noch, daß Dick nachmittags oder gegen Abend erscheinen würde, aber der Captain war viel zu beschäftigt. So zog sie sich denn nach dem Essen auf ihr Zimmer zurück, um einen Plan zu entwerfen.

Erstens wollte sie all ihr Geld im Safe des Hotels zurücklassen, und zweitens wollte sie sich einen recht kräftig aussehenden Chauffeur aussuchen und sich keinen Schritt von dem Wagen entfernen. Dieser Plan kam ihr sehr verständig und befriedigend vor. Sie hätte gern einen Revolver mitgenommen – aber woher sollte sie den nehmen? Und möglicherweise würde sie sich nur selbst damit verwunden.

Sie mußte lange warten; endlich kam ein Taxi mit einem riesenhaften Chauffeur, den sie eifrig heranwinkte.

»Ich habe eine Verabredung mit einem Mann am Outer Circle«, sagte sie hastig. »Ich – ich möchte nicht mit ihm allein sein – verstehen Sie?«

Er verstand durchaus nicht. Sonst pflegten solche junge Damen ganz entgegengesetzte Wünsche zu hegen.

Es schneite und stürmte, und die Straßen wurden immer leerer und dunkler. Unendlich lange setzte das Auto seinen Weg fort, bis es schließlich am Bordstein hielt.

»Das ist St. Dunstan, Fräulein«, sagte der Chauffeur und blieb neben der Tür stehen. »Es ist aber niemand hier.«

Doch schon glitt ein langes Auto heran und machte dich hinter ihnen halt. Sie sah eine gebeugte Gestalt mühsam aussteigen und wartete schwer atmend.

»Audrey!«

Die Stimme war unverkennbar. Sie trat zwei Schritte vor.

»Bitte kommen Sie hierher«, sagte sie.

Er kam langsam auf sie zu – sie erkannte das lange Kinn über dem weißen Schal und die große Nase.

»Kommen Sie her, und schicken Sie Ihr Taxi fort!« rief er ungeduldig.

»Der Chauffeur bleibt hier«, sagte sie. »Ich habe nicht viel Zeit. Wissen Sie, daß die Polizei nach Ihnen sucht?«

»Schicken Sie das Auto weg!« wiederholte er heftig. »Sie haben jemand drin – hol' Sie der Teufel! Ich schrieb Ihnen doch –«

Sie sah das Glitzern in seiner Hand und wich zurück.

»Ich schwöre Ihnen, daß niemand anders als der Chauffeur bei mir ist.«

»Kommen Sie her!« befahl er. »Steigen Sie in mein Auto.«

Sie wollte umkehren, glitt aber in dem nassen Schnee aus, und schon hatte er ihre beiden Arme gepackt und stand hinter ihr.

»Nanu – was soll das?« brüllte der Chauffeur und näherte sich bedrohlich.

»Halt!« Eine Revolvermündung brachte ihn zum Stehen.

»Fahren Sie weiter! Da!«

Eine Handvoll Geld flog ihm vor die Füße, und als er sich bückte, um es aufzuheben, sauste der Revolverkolben auf seinen Hinterkopf nieder, und er fiel um.

Das geschah, bevor sich Audrey ihrer großen Gefahr bewußt wurde, und jetzt fühlte sie, daß der Mann sie aufhob.

»Wenn Sie schreien, schneide ich Ihnen den Hals durch!« zischte er ihr ins Ohr. »Sie werden denselben Weg gehen wie Marshalt und Tonger – den Weg, den auch Shannon gehen wird, wenn Sie nicht tun, was ich will!«

Er preßte eine Hand auf ihren Mund und zerrte sie auf sein

Auto zu. Plötzlich ließ er sie los, so daß sie halb ohnmächtig zu Boden stürzte. Bevor sie recht wußte, was geschah, schossen die Scheinwerfer von Malpas' Auto an ihr vorbei. Sie sah drei Männer laufen, hörte Schüsse knallen – und wurde auf die Füße gestellt. Der Arm, der sie umfaßt hielt, hatte etwas Beruhigendes, und sie blickte in Dick Shannons Gesicht empor.

»Sie unartiges Kind!« sagte er in strengem Ton.

»Haben Sie – haben Sie ihn gesehen?«

»Malpas? Nein, nur seine Scheinwerfer. Mein Mann hatte sie aus den Augen verloren, und es war reiner Dusel, daß er Sie durch Clarence Gate fahren sah. Er rief mich glücklicherweise in Marylebone an, sonst . . .« Er schauderte. »Hat der Kerl irgend etwas von Belang gesagt?«

»Nein, er stieß nur eine Menge ungemütlicher Drohungen aus, die hoffentlich nicht in Erfüllung gehen werden. Dick, ich kehre zu meinen Hühnern zurück.«

Shannon lachte leise. »Selbst das grimmigste von Ihren Hühnern würde nicht imstande sein, Sie jetzt zu schützen, meine Liebe«, sagte er. »Malpas hält es aus irgendeinem Grund für notwendig, Sie zu beseitigen. Übrigens habe ich Sie Tag und Nacht bewachen lassen. Haben Sie das nicht bemerkt?«

Nachdem er sie ins Hotel zurückgebracht hatte, begab Dick sich nach Hause und stieß vor seiner Tür auf Herrn Brown.

»Warten Sie hier auf mich?« fragte Dick.

»Ja, seit einigen Minuten. Haben Sie ihn gefaßt?«

»Wen?«

»Nun, Malpas natürlich. Sie bedenken nicht, daß Ihre Kanonade die friedlichen Bewohner von Regent Park in fürchterliche Angst versetzt und lebhafte Reklame für Ihren Kampf mit dem Teufelskerl gemacht hat.«

»Teufelskerl? Kennen Sie Malpas?«

»Sehr genau – und Lacy Marshalt auch. Noch besser als den verstorbenen Laker.«

»Kommen Sie mit mir hinauf«, sagte Dick, und der andere folgte ihm so lautlos, daß er sich umdrehte, um zu sehen, ob er auch hinter ihm wäre.

»Sie sprachen eben von Laker. Wer ist das?«

»Ein Dieb und Trinker. Obwohl er Malpas kannte, war er unvorsichtig genug, ihn in betrunkenem Zustand zu besuchen – und infolgedessen wurde seine Leiche kürzlich aus der Themse herausgefischt.«

»Wie? Sie meinen den Mann, der am Embankment ins Wasser geworfen wurde?«

»Ja, das war der trunksüchtige Laker. Wundert es Sie, daß es sogenannte ›Teufel in Menschengestalt‹ gibt, die sich durch Mord Auswege aus ihren Verlegenheiten bahnen? Warum nicht? Begeht man einen Mord, ohne Ursache zum Bereuen zu bekommen, so sind alle weiteren nur eine natürliche Folge davon. Ich habe viele Mörder gekannt –«

»Gekannt!« wiederholte Dick bestürzt.

»Ja, ich habe lange Sträflingsjahre hinter mir. Mein Name ist Torrington, und ich war lebenslänglich verurteilt, wurde aber begnadigt, als ich zwei Kindern das Leben rettete – Kindern des höchsten Verwaltungsbeamten von Kapstadt. Aus diesem Grund hat man mir die Führung eines Passes unter falschem Namen gestattet. Ich gehöre« – er lächelte flüchtig – »sozusagen den privilegierten Klassen an. Und ich interessiere mich für Malpas – noch mehr freilich für den verstorbenen Marshalt, aber darüber brauche ich wohl keine weiteren Worte zu verlieren. Verbrecher interessieren mich ebenso, wie ein entgleister Eisenbahnzug einen interessiert. Malpas ist gefährlich, Captain Shannon. Auf einen Mord mehr oder weniger kommt es ihm nicht an. An Ihrer Stelle würde ich ihn in Ruhe lassen.«

»Ein hübscher Rat für einen Polizeibeamten!«

»Aber ein guter Rat«, entgegnete Brown und fragte dann: »Wo sie Marshalts Leiche wohl hingebracht haben?«

Dick zuckte die Achseln. »Sie muß irgendwo im Haus versteckt sein«, sagte er ausweichend.

»Das glaube ich nicht. Ich habe eine Idee – aber ich habe schon zuviel gesagt. Und nun kommen Sie mit und trinken bei mir im Hotel einen Nachttrunk, Captain Shannon!«

Dick lehnte lächelnd ab.

»Aber Sie werden mich doch wenigstens nach Hause bringen?«

sagte der andere und lächelte auf seine merkwürdige Weise. »Ich bin ein schwacher, alter Mann und bedarf der polizeilichen Obhut.«

Dazu war Dick bereit, und er bemerkte unterwegs, daß Herr Torrington zur Zeit weniger hinkte als sonst. Es war, als ob er manchmal vergäße, den Fuß nachzuschleppen. Als Dick eine Bemerkung darüber machte, sagte Torrington ganz unbefangen: »Ich glaube, es beruht sehr auf Gewohnheit. Ich habe mir das Nachschleppen des Fußes so angewöhnt, daß es mir zur zweiten Natur geworden ist.« Dabei spähte er so scharf um sich, daß Dick fragte: »Erwarten Sie, jemanden zu sehen?«

»Ja, ich sehe mich nach dem Schatten um. Er hat sich heute noch gar nicht blicken lassen.«

Shannon lächelte. »Sie mögen wohl nicht beobachtet werden? Alle Achtung, daß Sie's bemerkt haben!«

Torrington machte große Augen. »Sie meinen den Polizisten, der mir folgt? Da steht er an der Ecke. Nein, ich sprach von dem Mann, der auf Ihrer Fährte ist.«

»Auf meiner Fährte?«

»Ja. Wußten Sie das nicht? Du lieber Himmel, ich dachte, Sie wüßten alles.«

23

Slick wohnte in einem altmodischen Haus in Bloomsbury. Er hatte dort das erste Stockwerk gemietet und nahm an der veralteten Einrichtung keinen Anstoß. Im Gegenteil, die ewig gurgelnde Zisterne unter seinem Schlafstubenfenster hatte etwas Beruhigendes und bedeutete für ihn eine bequeme Stufe, um über die Hofmauer zu gelangen. Auf diese Weise konnte er die Nebenstraße leichter erreichen, als wenn er die Treppe hinab und durch die Haustür gegangen wäre. Was für ein Geschäft er eigentlich betrieb, wußte niemand im Haus. Nachts war er meistens aus und verschlief den größten Teil des Tages hinter verschlossenen Türen. Wenn jemand ihn besuchte, klingelte der Gast nicht, sondern pfiff leise auf der Straße, worauf Slick selbst herunterkam und öffnete. Abends ging er aus, und zwar immer im Frack. Dann besuchte er eine Bar, einen eleganten Club oder einen nicht allzu soliden Nachtclub und hinterließ keine Spur. Nacht für Nacht hatten erfahrene ›Schatten‹ von Scotland Yard ihn verfolgt und stets an derselben Stelle aus den Augen verloren, nämlich an der Ecke von Piccadilly Circus und Shaftesbury Avenue – der hellsten Stelle in ganz London.

Am selben Abend, an dem Audrey zum Stelldichein mit Malpas gefahren war, saß Slick Smith in einem Nachtclub und hörte sich die Bemühungen des Tanzorchesters an, als ein kleiner Mann sich ihm näherte und mit zaghafter Miene einen Stuhl heranzog.

»Slick«, murmelte er, nachdem er sich ein Glas Bier bestellt hatte, »im ›Astoria‹ ist eine Dame mit riesig viel Ware abgestiegen –«

»Sie heißt Levellier und trägt das Zeug alles auf dem Leib, so daß jeder Mensch in London es kennt«, fiel Slick ihm ins Wort »Interssiert mich nicht.«

»Aber im ›Imperial‹ wohnt ein steinreicher Mann, der heute ein Diamantendiadem –«

»Ja, für seine Frau, für 1200 Pfund. Er heißt Mollins, trägt einen Revolver und hat eine Bulldogge, die auf dem Fußende seines Bettes schläft.«

Der Zuträger seufzte. »Das ist fast alles, was ich weiß. Aber in den nächsten Tage kommt ein Kerl aus Südafrika mit einem ganzen Vermögen –«

»Erzähle mir alles, was du über den Kunden weißt!« sagte Slick in verändertem Ton, indem er seine Hand auf den Tisch legte und sie scheinbar zufällig zu dem Mann hinbewegte. Dieser nahm das, was darunter lag.

Bald darauf ging Slick fort, und überall, wo er hinging, wiederholte sich das gleiche Spiel. Als er schließlich verschwand, hatte er nicht viel erfahren.

Um zwei Uhr nachts schlich eine dunkle Gestalt in die Gasse hinter dem Portman Square hinein, und eine halbe Stunde später wurde Dick Shannon durch das Klingeln des Telefons aus dem Schlaf geweckt.

»Hier Steel, Captain. Ich spreche von Nummer 551 aus. Bitte

kommen Sie doch her! Hier ereignen sich die sonderbarsten Dinge.«

Eine Viertelstunde später stieg Dick vor Nr. 551 aus dem Auto und wurde in der offenen Haustür von Steel und einem anderen Beamten erwartet. »Was ist denn geschehen?« fragte er, als sie in der Halle standen und die Haustür zugeschlossen war.

Steel sprach ganz leise. »Es fing um Mitternacht an – klang, als ob jemand die Treppe hinaufginge. Wir saßen in Malpas' Zimmer und kamen heraus, aber es war niemand da. Beide können wir uns doch nicht geirrt haben.«

»Sie hörten es auch?« fragte Dick den hünenhaften Schutzmann.

»Ja, Sir.«

Er fuhr herum und stierte die Treppe hinauf. Dick hörte es auch und konnte sich im ersten Augenblick nicht ganz eines leisen Fröstelns enthalten. Es war ein Geräusch wie von Pantoffeln und Steinstufen. Gleich darauf ertönte unterdrücktes Gelächter. Shannon schlich auf die Treppe zu. Oben auf dem Flur brannte ein halbverdecktes Licht, und während er hinsah, glitt der Schatten eines ungeheuerlichen Kopfes über die Wand hin. Im Nu stand Dick oben. Nichts zu sehen!

»Sonderbar!« murmelte Dick. »Das würde Tante Gertrud bange machen.«

Steel fing die Worte ›Tante Gertrud‹ auf. Das war das verabredete Stichwort. Draußen vor dem Haus stand ein Polizist, der sofort gelaufen kam, als er eine Taschenlampe aufblitzen sah.

»Rufen Sie den Oberkommissar an: Der Chef braucht die bereitgestellte Abteilungsreserve. Sagen Sie: ›Stichwort – Tante Gertrud‹!«

Als Steel zurückkehrte, fand er Shannon oben in Malpas' Zimmer, dessen Samtdraperien bis auf die Fenster- und Alkovenvorhänge entfernt worden waren.

»Hier ist jemand gewesen«, sagte Steel. »Ich spielte mit dem Wachtmeister Karten und wollte gerade geben, als wir Schritte hörten. Ich legte die Karten auf den Tisch, und jetzt liegen sie am Boden – « Er unterbrach sich, denn wieder ertönten die leise raschelnden Schritte, und diesmal wurden sie lauter, bis sie draußen auf dem Vorplatz haltmachten. Die angelehnte Tür begann sich ganz langsam zu öffnen, und schon griff Shannon in die Tasche und richtete den Revolver auf die Türritze. Aber weiter erfolgte nichts, und als er leise durchs Zimmer huschte und auf den Vorplatz hinausstürzte, war nichts zu sehen.

Der Schutzmann nahm den Helm ab und wischte sich die Stirn.

»Das macht einen rein verdreht!« bemerkte er heiser.

»Nehmen Sie diese Lampe und durchsuchen Sie die Zimmer da oben!« befahl Dick. »Und scheuen Sie sich nicht, Ihren Knüppel anzuwenden.«

Er hörte den Mann langsam und schwerfällig die Treppe hinaufsteigen, und als die Schritte plötzlich aufhörten, rief er laut: »Alles in Ordnung?«

Statt aller Antwort erfolgte oben ein sonderbares dumpfes Geräusch, und im nächsten Augenblick kam der Helm des Wachtmeisters die Stufen herabgerollt und flog Shannon vor die Füße. Gefolgt von Steel, rannte er nach oben und sah den Schutzmann mit einer Schlinge um den Hals an der Decke baumeln und mit Armen und Beinen strampeln. Er war bereits fast erstickt, als Steel den Strick durchschnitt und ihn mit Dicks Hilfe nach unten trug, wo sie ihn in Malpas' Zimmer auf den Teppich legten.

»Da kommt der Inspektor!« rief Dick. »Schalten Sie die Türsperre ab, und lassen Sie ihn ein, Steel!«

Steel griff nach dem Hebel – und zog die Hand mit einem Schrei zurück. Der elektrische Schlag war ihm durch und durch gegangen.

Unten wurde heftig an die Tür geklopft, und jetzt erlosch plötzlich das Licht.

»Stellen Sie sich an die Wand, und hüten Sie sich, Ihre Lampe zu gebrauchen«, sagte Shannon leise. Aber Steel hatte sie schon angeknipst, und sofort blitzte es neben ihm auf. Eine Kugel pfiff an seinem Kopf vorüber.

Dick warf sich zu Boden, wobei er seinen Untergebenen mit sich niederriß. Das donnernde Gehämmer gegen die Haustür

94

dröhnte durchs ganze Haus. Shannon schob sich vorwärts, indem er in einer Hand seine Lampe und in der andern den Revolver hielt, und Steel folgte seinem Beispiel. Die Dunkelheit im Zimmer war undurchdringlich. Shannon hielt inne, um zu lauschen.

»Er ist in der Ecke neben dem Fenster«, flüsterte er.

»Ich glaube, er steht drüben an der Wand«, erwiderte Steel ebenso leise. »Großer Gott!«

Ein unheimlicher grüner Lichtkegel war in der getäfelten Wand neben einem Büfett aufgeblitzt, und in diesem Schein sahen sie eine Gestalt liegen. Das Licht wurde immer greller, so daß jede schauerliche Einzelheit sichtbar wurde.

Es war ein Mann im Frack mit einer pulvergeschwärzten Hemdbrust. Das Gesicht war bleich und wächsern, beide Hände waren auf der Brust gekreuzt. Regungslos, grauenerregend ... Eine Sekunde lang empfand Shannon so etwas wie Furcht.

»Es ist ein Toter!« ächzte Steel. »Großer Gott! Es ist Marshalt! Shannon – sehen Sie doch, Shannon –, es ist Marshalts Leiche!«

Die Gestalt lag starr und steif da. Das grüne Licht wurde trüb und erlosch, während ein hohles, rollendes Geräusch ertönte.

Shannon sprang auf und tastete an dem Täfelwerk der Wand herum. Als im selben Augenblick unten in der Halle hastige Rufe und Schritte laut wurden, schrie er: »Hier herauf! Gebraucht eure Lampen. Das Licht ist aus!« Und im selben Augenblick, wie auf Kommando, flammten die Lichter wieder auf.

»Wer hat die Tür geöffnet?« fragte Shannon.

»Wir wissen es nicht, Sir. Sie ging mit einem Male auf.«

Shannon ließ sich eine Axt bringen und unternahm einen Angriff auf die Wandtäfelung. In wenigen Minuten hatte er sie dort geöffnet, wo er Marshalts Leiche hatte liegen sehen.

»Ein Speiseaufzug«, sagte er aufatmend. »Das erklärt alles.«

Aber von der Leiche war nichts zu sehen. Shannon ging durch den Keller und durch die offenstehende Tür nach dem ebenfalls offenen Hoftor. »Wo ist Ihre Postenkette, Inspektor?« fragte er scharf, indem er in die stille Hintergasse hinausblickte.

Die zweite Hälfte der Absperrungsmannschaften schien sich

verspätet zu haben, denn sie erschien erst, als Shannon schon wieder oben in Malpas' Zimmer war. Er war der festen Überzeugung, daß es dort eine Treppe geben müsse, die zur Küche hinabführte, und nach längerem Suchen entdeckte er wirklich dort, wo die große Treppe den Vorplatz erreichte, eine verborgene Tür. »Hier ist der Kerl herumgeschlichen«, sagte er befriedigt, indem er ein paar Stufen hinabstieg, »und von oben hat er dann den Wachtmeister überfallen. Nun ist er natürlich über alle Berge. Zum Teufel – daß die Absperrungsmannschaft nicht rechtzeitig zur Stelle war!«

Dann stieg er aufs Dach hinauf, wo er zu seiner Verwunderung noch einen von Willitts Posten vorfand und erstaunt fragte, was er denn da noch zu tun habe.

»Ich führe nur die erhaltenen Befehle aus«, erwiderte der Mann.

»Haben Sie irgend etwas gesehen?«

»Vor kurzer Zeit sah ich jemand auf den Hof herauskommen. Ich dachte, Sie wären es. Seit einer Stunde hielt vor dem Tor auch ein großes Auto. Der Mann schleppte irgend etwas Schweres hinter sich her. Ich hörte ihn stöhnen, als er es ins Auto 'reinhob. Wer es war, konnte ich nicht sehen, und nahm an, daß es einer von Ihren Leuten wäre.«

Als Shannon wieder nach unten kam, überreichte ihm Steel einen auf dem Hof gefundenen Gegenstand: eine flache Ledertasche mit einigen Ampullen, einer Spritze und zwei Nadeln. Die Spritze war augenscheinlich rasch weggepackt worden, denn sie war noch bis zur Hälfte mit einer farblosen Flüssigkeit gefüllt, und das Samtfutter der Tasche war ganz durchnäßt.

»Senden Sie den Inhalt der Spritze sofort zum Analysieren ein«, sagte Shannon ernst. »Ich fange allmählich an, klarzusehen.«

24

Eines Morgens stattete Herr John Stormer seiner Detektivagentur einen seiner nicht eben häufigen und stets überraschenden Besuche ab. Er warf sich in seinen Schreibtischsessel, klemmte einen Kneifer auf seine breite Nase und fragte den ehrerbietig dastehenden Willitt, was denn los wäre.

»Heute morgen kamen fünf neue Fälle, Sir: vier Ehegeschichten und eine Erpressungssache.«

»Und was gibt es Neues am Portman Square?«

Willitt berichtete eingehend, und nachdem Stormer ihn stumm bis zu Ende angehört hatte, erledigte er mit unglaublicher Geschwindigkeit alle laufenden Sachen. Gegen neun Uhr abends unterschrieb er den letzten Brief.

»Was den Fall Malpas betrifft«, sagte er dann, »so gelten die Anordnungen weiter, bis sie von Marshalts Anwälten aufgehoben werden. Das Haus wird weiter bewacht, ein Mann bleibt auf dem Dach und einer von unsern besten Leuten bleibt Slick Smith immer auf den Fersen. Sie verstehen mich.«

»Jawohl, Sir.«

»Es ist fatal, daß wir ihn so bewachen müssen, aber ich muß sichergehen. Kabeln Sie sofort, wenn sich etwas ereignen sollte. – Übrigens, was wollte Marshalt eigentlich von jenem Mädchen – Bedford heißt sie ja wohl?«

»Ja, Sir, und sie hat bisher in einem Dorf namens Fontwell gelebt.«

»Und die Elton – ist die nicht auch eine geborene Bedford?«

»Jawohl, unter dem Namen hat sie geheiratet.«

»Hm – ob dieses Mädchen . . .? Sie wohnt ja wohl im ›Palace‹. Wir brauchen eigentlich notwendig einen weiblichen Spürhund, und sie war doch dazu Sekretärin von Malpas –«

»Ich glaube, daß Shannon in sie verliebt ist, Sir.«

»So?« erwiderte Stormer zerstreut. »Einem hübschen Mädchen macht jeder Mann gern den Hof. Das hat nichts zu sagen. Aber diesen Shannon möchte ich gern mal sprechen.« Er griff nach dem Telefon.

Willitt schlug sein Notizbuch auf und nannte erst die Nummer

97

von Dicks Privatwohnung. Stormer rief an und hatte Glück, denn Dick war eben nach Hause gekommen.

»Hier ist John Stormer. Spreche ich mit Captain Shannon?«

»Stormer? Ach so, die Detektivagentur.«

»Hören Sie, Shannon, ich habe Ihnen gelegentlich geholfen ... Wissen Sie, ich machte Sie doch auf Slick Smith aufmerksam, als er herüberkam.«

»Ja, aber hier bei uns benimmt er sich musterhaft«, entgegnete Dick.

»Den Anschein gibt er sich immer, aber er verdient sich doch irgendwie seinen Unterhalt. Seinetwegen jedoch hab' ich Sie nicht angerufen. Sie wissen wohl, daß der verstorbene Marshalt uns mit der Bewachung seines Hauses beauftragt hatte. Damit müssen wir natürlich fortfahren, bis seine Anwälte den Auftrag zurückziehen, und es wäre mir lieb, wenn Sie meine Leute inzwischen gewähren ließen. Ich habe ihnen befohlen, daß sie der Polizei nach Kräften beistehen und ihr nichts in den Weg legen sollen.«

»Das ist sehr freundlich, und ich begreife Ihre Verlegenheit.«

»Das bezweifle ich. Sagen Sie, haben Sie den Mann gesehen, den Marshalts Anwälte als Hausverwalter angestellt haben?«

»Gehört habe ich von ihm.«

»Gucken Sie ihn sich genau an!« lachte Stormer und legte auf.

Er kicherte noch vor sich hin, als er zu Tisch ging. Er speiste in Audreys Hotel, und nach dem Essen schlenderte er in die Halle hinaus und fragte einen Angestellten: »Haben Sie noch ein Zimmer frei? Ich merke eben, daß ich heute nicht mehr nach Hause kommen kann.«

Der Mann schlug im Register nach. »Sie können Nummer 461 haben, Sir.«

»Das ist mir zu hoch. Ich möchte ein Zimmer im zweiten Stock.«

Wieder blätterte der Mann. »250 und 270 sind frei.«

»Schön, denn geben Sie mir 270. Siebzig ist meine Glückszahl.«

Audreys Zimmernummer war 269.

98

25

Audrey war den ganzen Tag unterwegs gewesen, um sich Arbeit zu verschaffen. Dick Shannon hatte sie nichts davon gesagt, denn sie hatte ihn so gern, daß sie davor zurückscheute, seine Hilfe in Anspruch zu nehmen. Diesmal hatte sie sich an den Redakteur eines Blattes gewandt, für das sie früher zuweilen Artikel über Hühnerzucht geschrieben hatte, und dieser hatte sie auf ihre Anfrage hin kommen lassen und ihr eine Stellung in der Redaktion seiner Fachzeitung angeboten. Das Gehalt war nicht hoch, und sie verwandte den letzten Teil des Tages darauf, eine Wohnung zu suchen. Zu ihrer Freude fand sie in der Nähe der Redaktion ein freundliches Zimmer. Sie teilte gleich bei ihrer Rückkehr dem Geschäftsführer des Hotels mit, daß sie ihr Zimmer aufgeben werde.

Gegen Abend sprach Dick Shannon bei ihr vor, der durch einen seiner Leute von ihrem bevorstehenden Umzug benachrichtigt worden war. Sie war etwas betreten, als er ihr verriet, daß er über alles, was sie getrieben hatte, Bescheid wußte, sagte dann aber: »Es ist mir doch lieb, daß Sie gekommen sind. Ich wollte Ihnen etwas zeigen.«

Sie öffnete ihre Handtasche, holte den kleinen ›Kieselstein‹ heraus und legte ihn auf seine ausgestreckte Hand. Dick starrte den kleinen Gegenstand mit offenem Mund an, drehte ihn hin und her und prüfte das Siegel.

»Wo in aller Welt haben Sie den her?« rief er ganz bestürzt.

Sie erzählte es ihm und fragte dann: »Was ist es denn?«

»Ein Diamant – noch ungeschliffen. Er wird ungefähr achthundert Pfund wert sein.«

Audrey war starr. »Ist das wirklich wahr?«

»Ja, ganz gewiß, und das Siegel ist von der Minengesellschaft. Darf ich ihn behalten?«

»O bitte, tun Sie das!«

»Weiß irgend jemand davon?«

»N-nein«, sagte sie nachdenklich, »höchstens Herr Malpas. Neulich, als ich unten um meinen Zimmerschlüssel bat und der nicht da war, nahm ich alles, was in meiner Tasche war, heraus und legte es auf den Tisch; ich fand den Schlüssel in dem zerrissenen Taschenfutter.«

»Und da wird er den Diamanten gesehen haben – er oder einer seiner Agenten!« rief Dick erregt. »Deshalb versuchte er wohl gestern, Sie zu fassen.«

Audrey seufzte, als sie wieder allein war. Es fehlte nicht viel, und sie hätte sich nach ihrem Hühnerhof in Fontwell zurückgesehnt. Aber es war immerhin ein Trost, daß sie neue und nicht unangenehme Arbeit gefunden hatte, und so schlief sie denn bald ein. Sie erwachte nach ein paar Stunden, als etwas Kaltes, Klebriges ihr Gesicht berührte.

»Audrey Bedford, ich komme, dich zu holen«, sagte eine hohle Stimme.

Mit einem Schrei fuhr sie empor. Es war ganz dunkel.

Über ihrem Kopf schwebte scheinbar in der Luft ein matt und sonderbar beleuchtetes Gesicht!

Sie starrte wie versteinert in das schmerzverzerrte Antlitz Lacy Marshalts!

»Die junge Dame hat einen schlimmen Nervenanfall gehabt. Ich habe nach einem Arzt und einer Krankenschwester telefoniert.«

»Wissen Sie, was ihr zugestoßen ist?« fragte Dick. Er stand im Pyjama neben seinem Bett und hielt den Hörer in der Hand.

»Nein, Captain. Der Nachtportier hörte im zweiten Stock einen gellenden Schrei, und als er hinaufrannte, stand Fräulein Bedfords Tür offen. Er sah, daß sie ohnmächtig war, und ließ mich holen. Ich war unten in der Halle.«

»Keine Spur von Malpas?«

»Nicht die geringste, Sir. Irgend jemand muß wohl versucht haben, sie zu überfallen, denn der Herr, der nebenan wohnt, wurde besinnungslos am andern Ende des Ganges aufgefunden. Er muß mit einem Gummiknüppel einen Hieb über den Kopf erhalten haben und ist ins Krankenhaus gegangen, um sich verbinden zu lassen.«

Nach fünf Minuten traf Dick im Hotel ein, und inzwischen hatte Audrey sich ein wenig erholt. Sie saß in einem Morgenrock am Gasofen – sehr blaß, aber vollkommen gefaßt.

»Ich weiß nichts weiter zu erzählen, als daß ich Herrn Marshalt sah.«

»Sie auch!« Dick biß sich ingrimmig auf die Lippen. »Wir hatten gestern abend auch eine solche Vision, und das bedeutet, daß Marshalt noch lebt und in den Händen jenes Teufels ist. Gestern abend fanden wir eine Injektionsspritze in seinem Haus. Die Flüssigkeit darin wurde analysiert – es ist ein Gemisch von Morphium und einem andern, noch nicht festgestellten Betäubungsmittel; damit kann man einen Menschen in einen Zustand vollkommener Bewußtlosigkeit versetzen. Heute erhielt ich auch einen Brief von Malpas.« Er holte einen mit Maschine geschriebenen Brief hervor. »Dies ist eine Abschrift. Das Original wird im Yard auf Fingerabdrücke geprüft.«

Audrey griff nach dem Bogen und las:

Wenn Sie kein Dummkopf sind, müssen Sie gestern etwas entdeckt haben. Marshalt ist nicht tot. Er trug eine kugelsichere Unterjacke, wie Sie bemerkt haben würden, wenn Sie ihn untersucht hätten, statt sich nur um das Mädchen zu kümmern. Ich bin froh, daß er lebt – der Tod wäre zu gut für ihn gewesen, und er wird erst sterben, wenn ich es für an der Zeit halte. Wenn Sie wünschen, daß er am Leben bleibt, so ziehen Sie Ihre Posten und Spione aus dem Haus zurück.

»Alle Beobachtungen stimmen mit dieser Angabe überein«, sagte Dick. »Marshalt wird unter andauernder Betäubung gehalten und überall mit hingeschleppt, wohin es Malpas beliebt.«

»Mir kam es nicht vor wie ein wirkliches Gesicht«, bemerkte Audrey.

»Sie glauben, daß es eine Maske war? Ich weiß nicht recht. Jedenfalls ist es ein sehr merkwürdiger Fall!«

Als Shannon das Hotel verließ, erkundigte er sich nach dem Gast von Nr. 270, aber man wußte im Büro nichts weiter über ihn, als daß der Herr sich als ›Henry Johnson aus Südafrika‹ eingeschrieben hatte und noch nicht aus dem Krankenhaus zurückgekehrt war.

Am nächsten Morgen fiel ihm Stormers Bemerkung über den

von den Anwälten eingesetzten Hausverwalter ein, und er begab sich sogleich nach dem Marshaltschen Haus. Ein Mädchen, das er bereits kannte, machte ihm auf und führte ihn ins Wohnzimmer.

»Hier sind wohl große Veränderungen vorgegangen«, begann Dick. »Wie ich höre, haben Sie jetzt einen Hausverwalter bekommen?«

»›Hausverwalter‹ kann man ihn wohl nicht nennen, Sir«, erwiderte das Mädchen zögernd. »Der Herr war ein Freund von Herrn Marshalt und heißt Stanford.«

»Wie? Doch nicht Bill Stanford?« rief Dick überrascht.

»Doch, Sir – Herr William Stanford. Er sitzt oben im Arbeitszimmer.«

»Oh, dann werde ich zu ihm hinaufgehen«, sagte Dick lächelnd. »Herr Stanford und ich sind alte Bekannte.«

Bill saß mit einer riesenhaften Zigarre im Mund am Kamin und las in einer Sportzeitung. »Guten Morgen, Captain«, sagte er gleichmütig. »Ich habe Sie schon erwartet. Sie glauben gar nicht, wie überrascht ich war, als die Anwälte nach mir schickten!«

»Sie kannten ihn wohl von Südafrika her?« fragte Dick.

»Ja, aber hier bewegten wir uns doch in ganz verschiedenen Kreisen. Marshalt hat die Bestimmung selbst hinterlassen –, für den Fall, daß ich aus irgendeinem Grund verschwinden sollte . . . und so weiter. Ganz einträglich ist die Sache ja, aber nicht behaglich. Nachmittags kann ich zwar ein paar Stunden ausgehen, aber abends ist hier im Haus eine unheimliche Atmosphäre, die mir auf die Nerven fällt. Und gestern abend war ja ein fürchterlicher Spektakel nebenan.«

Dick setzte sich. »Ja, da ging allerlei vor«, sagte er. »Hat sich die Tätigkeit der Gespenster auch bis hierher erstreckt?«

Stanfrod fröstelte es. »Bitte, sprechen Sie nicht von Gespenstern, Captain! Ich sage Ihnen, gestern abend glaubte ich wahrhaftig, ich sähe – aber das ist albern!«

»Sie glaubten, Marshalt zu sehen?«

»Nein, den andern Mann – Malpas.«

»Wo denn?«

»In der Tür der Vorratskammer. Nur eine Sekunde lang.«

»Und was taten Sie da?«

Bill lachte verlegen. »Ich lief nach oben und schloß mich ein.«

Shannon stand auf. »Wenn Sie nichts dagegen haben, möchte ich mir die Vorratskammer mal ansehen«, sagte er.

»Aber gern!« Stanford öffnete ein Schubfach und nahm einen großen Schlüsselbund heraus. »Der alte Tonger verwahrte da die Gewehre und Patronen seines Herrn und allerlei Gerümpel.«

Der Raum lag am Ende des von der Halle abzweigenden Ganges und hatte ein stark vergittertes kleines Fenster und einen verdeckten Herd. Außer Waffen, Sätteln, alten Kästen und einer Bank mit einem Gaskocher, einem verrosteten Schraubstock und einigen Werkzeugen und Putzlappen war nichts zu sehen.

»Was ist in diesen Kästen?«

»Ich weiß nicht – hab' nicht nachgesehen.«

Shannon zog einen der Schiebedeckel auf. »Revolvermunition«, murmelte er, »und ein Paket ist ganz kürzlich herausgenommen worden. Das Paket darunter ist frei von Staub. Stanford, warum glauben Sie, daß es Malpas war?«

»Ich weiß nicht recht – nach den Beschreibungen wohl. Gesehen habe ich ihn nie.«

Dick ging noch einmal mit nach oben und untersuchte die Tür, die zu Marshalts Privaträumen führte.

»Die funktioniert wohl noch?« fragte er.

»Ich weiß nicht«, erwiderte Stanford verdrießlich.

»Was machen denn die Eltons?« fragte Dick, als er hinunterging, um das Haus zu verlassen.

»Ich weiß nichts von ihnen. Dicke Freunde sind wir nie gewesen«, murmelte Stanford und schloß die Haustür hinter ihm. Dann kehrte er ins Arbeitszimmer zurück, verschloß die Eingangstür und öffnete die Tür zum kleinen Eßzimmer.

»Du hast gute Ohren, Martin«, sagte er.

Elton ging aufs Fenster zu und folgte Shannon mit den Augen, bis er nicht mehr zu sehen war. »Immer wieder kommt der mir in den Weg!« sagte er ohne Erregung. »Ja, ich erkannte seine Stimme sofort, als ich euch sprechen hörte. Wie lange bleibst du noch hier? Ich habe etwas vor.«

»Tut mir leid, Martin, aber ich muß hier jetzt ehrliches Spiel treiben. Ich war ein Freund von Lacy.«

»Und Malpas – kennst du den auch?«

Stanford zog die Augen zusammen. »Ja, ich kenne Malpas«, flüsterte er, »und wenn es etwas zu holen gibt, dann weiß ich, wo ich es holen werde.«

26

Willitt war höchst verwundert, als er morgens ins Büro kam und es heftig klingeln hörte. Er fand seinen Chef in jämmerlichem Zustand auf einem Sofa liegen.

»Ich sterbe!« murmelte Stormer. »Bringen Sie mir starken Kaffee und eine Kiste voll Pyramidon. Oh, mein Kopf! 'ne Beule wie ein Hühnerei – und bei ›Hühnern . . .‹ fällt mir ein: Schaffen Sie mir dieses Bedford-Mädchen her.«

»Ist Ihnen diese Nacht etwas zugestoßen, Sir?«

»Sehen Sie mir das nicht an? Aber niemand außer Ihnen darf es wissen. Wenn jemand nach mir fragt, bin ich in Amerika . . .«

Willitt beeilte sich, alles Gewünschte herbeizuschaffen.

»Und nun telefonieren Sie nach einem Friseur, und holen Sie mir aus dem nächsten Laden einen Kragen!« Sein Gesicht verzog sich schmerzlich, als er nach der Kaffeetasse griff.

»Sie brennen natürlich drauf, mich auszufragen«, sagte er. »Nun, ich hatte einen Kampf mit einem Gespenst und zog den kürzeren.«

»Wer war es denn?«

»Ich weiß nicht. Wachte von einem Schrei auf, ging 'raus, um zu sehen, was los wäre, sah ein, zwei, drei oder auch sechs Leute den Flur entlanglaufen, wurde von ebenso vielen über den Kopf gehauen und kam erst wieder zu mir, als der Hoteldetektiv mir den Kragen aufmachte. – Vergessen Sie ja nicht das Mädchen. Sie hat eine Anstellung bei einer Fachzeitschrift für Geflügelzüchter, und ich glaube nicht, daß sie ihr gefallen wird. Gehen Sie zu ihr und bieten Sie ihr eine Stellung bei uns an. Verstehen Sie?«

104

»Jawohl, Sir.«

»Na, dann passen Sie sie ab, wenn sie frühstücken geht. Sie soll dann diesen Torrington, alias Brown, beobachten. Und kommen Sie nicht etwa unverrichteterdinge wieder, Willitt! Ich bin derartig kaputt, daß ich sehr grob werden würde.«

Audrey begann ihre Arbeit in der Redaktion mit einer gewissen Befriedigung, die aber nicht lange vorhielt. Sie entzweite sich bald mit Herrn Hepps, als er darauf bestand, sie sollte ein Futtermittel für Hühner empfehlen, von dem sie wußte, daß es geradezu schädlich war, und später am Tag geriet er in Wut über einen von ihr verfaßten Artikel.

»Viel zu lang!« schrie er. »Und Ihr Stil mißfällt mir, Fräulein! Sie werden sich gehörig zusammennehmen müssen, wenn Sie hier – Wo wollen Sie hin?« fragte er verwundert, als sie aufstand und ihren Hut vom Haken nahm.

»Nach Hause, Herr Hepps«, sagte sie gelassen. »Die Grundsätze, nach denen hier verfahren wird, gefallen mir nicht.«

»Dann scheren Sie sich weg!« brüllte Hepps.

Diesem Wunsch entsprach sie sofort, und damit nahm ihr erster Arbeitstag gegen vier Uhr ein Ende. Ganz ausgehungert begab sie sich sofort in eine benachbarte Teestube, und gleich nach ihr kam ein Mann herein und nahm mit einer Verbeugung an demselben Tisch Platz. Als sie ihn flüchtig ansah, kam er ihr irgendwie bekannt vor, aber sie dachte nicht weiter darüber nach, sondern vertiefte sich in einen Zeitungsbericht über sonderbare Vorfälle im ›Palace Hotel‹.

»Verzeihen, Sie, Fräulein Bedfort!«

Überrascht blickte sie auf.

»Mein Name ist Willitt. Veilleicht entsinnen Sie sich – ich kam einmal nach Fontwell, um Erkundigungen einzuziehen.«

»Ach ja – gerade als ich nach London abreiste.«

»Ganz recht. Ich bin Angestellter der Stormerschen Detektivagentur.«

Audrey nickte. Von dieser bekannten Firma hatte sie öfters gelesen.

»Herr Stormer hat mich beauftragt, mit ... mit einem Vorschlag an Sie heranzutreten, Fräulein Bedford. Wir sind nämlich in Verlegenheit. Eine Dame, die für uns arbeitete, hat sich verheiratet, und wir haben bis jetzt keinen Ersatz für sie gefunden. Nun meinte Herr Stormer, ob Sie vielleicht Lust haben würden, in unsere Agentur einzutreten?«

»Ich? Sie meinen – als weiblicher Detektiv?«

»Wir würden Ihnen keine unangenehme Arbeit auftragen, Fräulein Bedford. Es würde sich für Sie nur um Fälle aus der guten Gesellschaft handeln.«

»Aber weiß Herr Stormer denn von meiner – meiner ›Vergangenheit‹?«

»Sie meinen den Juwelenraub? Oh, gewiß, darüber weiß er Bescheid. Das macht ihm nichts aus. Er möchte gern, daß Sie einen Herrn beobachten – einen gewissen Herrn Torrington.«

»Torrington? Wer ist das?«

»Ein steinreicher Südafrikaner. Interessieren Sie sich für Südafrika?«

Sie zuckte zusammen. »Jawohl – wenn alle Geschichten, die ich darüber gehört habe, wahr sind . . .«, sagte sie nachdenklich.

»Wir verlangen nicht, daß Sie hinter Torrington herlaufen«, fuhr Willitt fort. »Es wäre uns aber lieb, wenn Sie mit ihm bekannt würden.«

»Ist er – ein Verbrecher?«

»Gott bewahre! Ein durchaus redlicher Mann. Wir möchten nur gern wissen, mit wem er verkehrt –«

»Kann ich Herrn Stormer vielleicht selbst sprechen?«

»Er ist schon wieder in Amerika«, log Willitt, »und vor seiner Abreise hat er mir ausdrücklich aufgetragen, Sie um jeden Preis als Mitarbeiterin zu gewinnen.«

Audrey lachte. »Nun, versuchen kann ich's ja«, sagte sie heiter, und Willitt atmete erleichtert auf.

Als er ins Büro zurückkehrte, fand er John Stormer in milderer Stimmung vor und berichtete mit Genugtuung über seinen Erfolg. Er hatte kaum das Zimmer verlassen, als Stormer ans Telefon ging.

»Hier Stormer. Sind Sie's selbst, Hepps? Besten Dank für Ihre Hilfe.«

»Es ging mir sehr gegen den Strich«, erwiderte der Redakteur in bedauerndem Ton. »Sie scheint ein nettes, intelligentes Mädchen zu sein. Was wird sie nur von mir denken! Ich werde mich gar nicht mehr getrauen, ein nettes Mädchen anzuschauen!«

»Vielleicht werden Sie darüber froh sein!« lachte Stormer und legte auf.

Torrington bewohnte eins der teuersten Appartements im Ritz-Carlton-Hotel. Er empfing nur sehr selten Besuch, und als ein schäbiger kleiner Mann sich bei ihm melden lassen wollte, indem er eine Verabredung vorgab, währte es eine ganze Weile, bis er vorgelassen wurde.

Herr ›Brown‹ saß an seinem Schreibtisch und schob den Brief, den er schrieb, zur Seite, um sich den kleinen Mann genau anzusehen. »Sie kommen aus Kimberley?« fragte er. »Ich erinnere mich nicht, Sie jemals gesehen zu haben. Sie wissen natürlich, welchen Namen ich damals führte?«

»Ich weiß es«, erwiderte der kleine Mann, »aber ich werde ihn nicht aussprechen. Wenn ein Mann sich ›Brown‹ nennt – so ist er für mich Herr Brown. Offen gesagt ... ich verbüßte eine Strafe – zur selben Zeit wie Sie.«

Torrington fuhr mit der Hand in die Tasche. »Ich besinne mich nicht auf Sie, aber ich habe mir auch große Mühe gegeben, alle, mit denen ich am Wellenbrecher arbeitete, zu vergessen.«

Auf dem Schreibtisch lag ein Brief, den der alte Mann gerade beendet hatte. Der Fremde sah die schwungvolle Unterschrift, aber der Bogen war zu weit von ihm entfernt, als daß er sie hätte lesen können. Er suchte nach einem Vorwand, um hinter den Tisch zu gelangen.

Der alte Mann schob ihm eine Banknote hin und sagte: »Ich hoffe, daß es Ihnen fernerhin bessergehen wird!«

Der Fremde ergriff den Geldschein, ballte ihn zusammen und schleuderte ihn zum Erstaunen seines Wohltäters an ihm vorüber in den leeren Kamin hinein. Verwundert sah Herr ›Brown‹ sich um, und in dieser Sekunde las der andere die Unterschrift.

»Behalten Sie Ihr Geld!« sagte der Fremde. »Denken Sie, daß ich deshalb hergekommen bin – Torrington?«

Daniel Torrington stand auf. »Nehmen Sie das Geld und machen Sie sich nicht zum Narren!«

Der andere holte sich den zerknitterten Schein und ging. Torrington schloß die Tür leise. Woher wußte dieser Mann . . .?

Da fiel sein Blick auf den Brief – und er begriff.

27

Elton war nicht lange bei Stanford geblieben und hatte gerade angefangen, einen Brief zu schreiben, als Dora, die nicht zum Frühstück aufgestanden war, im Morgenmantel herunterkam. Da legte er den Federhalter aus der Hand und fragte: »Dora, was hast du eigentlich getrieben, ehe wir uns kennenlernten?«

»Oh, anfangs ging ich als Statistin mit Marsh und Bignall auf Reisen. Marsh machte Bankrott, und dann war ich erst in einer Schießbude . . . Ich bin alles und jedes gewesen – von der ersten Liebhaberin bis hinab zur Garderobiere. Von elektrischen Leitungen verstehe ich sogar mehr als mancher Mechaniker. Aber warum fragst du danach?«

»Wo lerntest du Marshalt kennen?«

»Hier in London«, entgegnete sie nach kurzem Zögern, und die Hand, in der sie die Zeitung hielt, zitterte. »Ich wollte, ich wäre vorher gestorben!«

»Dora – liebst du ihn?«

»Ich hasse ihn!« rief sie leidenschaftlich. »Ja, ich hab' ihn geliebt – habe sogar an Scheidung gedacht. Aber ich war nicht schlecht genug. Ich fing an, ihn zu langweilen. In gewisser Weise bin ich – altmodisch. Leichte Frauen sind wie leichtes Geld – sie dauern nicht lange, und wenn sie ausgegeben sind, sucht der Mann sich etwas Neues. Eine Frau kann einen Mann nur durch sein Begehren halten. Bunny, als er starb, wurde mir das klar. Ich meine nicht seinen leiblichen Tod – aber ich fühlte eine furchtbare Veränderung in ihm. Ebenso wie Audrey starb – ja, sie starb . . . Die alte Verwandtschaft, so schwach sie auch war, hatte doch Bedeutung.«

Er lag zurückgelehnt in einem Sessel und beobachtete sie aus halbgeschlossenen Augen.

»Du glaubst nicht, daß er tot ist?«

Sie hob ungeduldig die Hände. »Ich empfinde ihn nicht als tot – und es ist mir einerlei.«

Sie war aufrichtig. Davon war er überzeugt. »Sprach er jemals von Malpas?«

»Ja, oft! Und das waren die einzigen Gelegenheiten, bei denen er nervös wurde. Malpas haßte ihn. Der Polizei gegenüber behauptete er, nichts von ihm zu wissen, aber er wußte viel. Er sagte, Malpas und er wären früher Geschäftsteilhaber gewesen, und er wäre mit Malpas' Frau durchgegangen.«

Er stand auf und legte beide Hände auf ihre Schultern.

»Ich danke dir – für alles, was du gesagt hast. Ich glaube, du und ich werden jetzt fest zusammenhalten. Was für Gefühle hast du denn in bezug auf Audrey?«

»Ich weiß nicht recht. Meine Abneigung sitzt wohl zu tief. Ich wurde ja dazu erzogen, sie zu hassen.«

»Das tut mir leid«, sagte Martin, klopfte sie sanft auf die Schulter und ging seiner Wege.

Als er nachmittags nach Hause kam, traf er Dora in der Halle. Sie war zum Ausgehen angezogen, aber er bat sie, ins Wohnzimmer hinaufzukommen, und schloß die Tür.

»Als Audrey das letztemal hier war, sagtest du ihr, sie hieße gar nicht Bedford, und ihr Vater säße in Südafrika, lebenslänglich verurteilt, in der Strafanstalt«, sagte er hastig. »War das wahr?«

»Ja«, erwiderte sie verwundert. »Weshalb –«

»Abends sagtest du mir, er wäre lahm – hätte bei der Verhaftung einen Schuß ins Bein bekommen. Wie hieß Audreys Vater?«

»Daniel Torrington.«

Martin pfiff leise durch die Zähne. »Ich habe – jemand getroffen, der behauptet, Torrington wäre hier in London. Man hat ihn begnadigt, und es scheint, daß er schon längere Zeit hier ist. Wußte Marshalt das wohl?«

»Nein, wenn er's gewußt hätte, würde er nicht so froh gewesen sein. Oh!« Ihre Hand zuckte zu ihrem Mund empor. »Malpas!« flüsterte sie.

Er starrte sie an, denn ihm war derselbe Gedanke gekommen.

»Marshalt muß es gewußt oder geahnt haben«, flüsterte sie. »Er hat die ganze Zeit nebenan gewohnt! Bunny, Malpas ist Torrington!«

»Ich glaube das nicht«, versetzte Martin kopfschüttelnd. »Es klingt zu romanhaft! So rachsüchtig ist kein Mensch. Und nun gar Torrington, der nach seiner Tochter sucht!«

»Das glaube ich nicht. Er hält Audrey für tot. Er hing sehr an dem Kind, und da hat Mutter ihm auf Marshalts Rat hin geschrieben, Audrey wäre an Scharlach gestorben. Und Torrington hat ihr sogar unten bei Kapstadt einen Gedenkstein errichten lassen. Das weiß ich von Marshalt. Ist Torrington sehr reich?«

»Er soll zwei Millionen Pfund wert sein. Was er wohl – für die Wahrheit zahlen würde?«

»Nie im Leben soll er das erfahren! Mag er sie selbst finden!«

»Wie ist sie getauft?« fragte er langsam und nachdenklich.

»Dorothy Audrey Torrington. Aber er weiß nicht, daß wir sie ›Audrey‹ riefen. In seinen Briefen schrieb er ›Dorothy‹.«

»Schreibe an Audrey und lade sie zum Tee ein«, sagte Martin. Sie starrte ihn empört an.

»Ja, ja! Schreibe ihr, es täte dir leid, daß du unfreundlich gewesen wärest und ihr allerlei vorgelogen hättest – über ihren Vater. Und wenn sie kommt, sag ihr, Torrington wäre dein Vater. Wo kann ich mir Audreys Geburtsurkunde verschaffen?«

»Ich habe oben allerlei Papiere von Mutter. Es kann sein, daß die Urkunde darunter ist. Hol sie, Bunny! Sie liegen oben in meinem Schrank – in einem Blechkasten.«

Er brachte ihn und öffnete ihn geschickt, als kein Schlüssel zu finden war. Auf dem Boden des Kastens lag ein blauer Briefumschlag mit zwei Geburtsurkunden. Martin breitete sie auf dem Tisch aus; seine Augen funkelten. »›Dorothy Audrey Torrington‹«, las er, »und du heißt Nina Dorothy Bedfort. Aus dem Namen ›Audrey‹ läßt sich etwas anderes machen. Dora, du mußt Audrey schreiben und ihr – mit oder ohne Tränenbegleitung – sagen, sie wäre deine ältere Schwester –«

Es klopfte, und das Mädchen meldete: »Herr S. Smith aus Chicago, Sir.«

Martin zögerte einen Augenblick. »Du kennst den Menschen ja wohl, Dora«, sagte er. »Ich lasse bitten.«

Slick Smith war wie immer tadellos gekleidet.

»Ich störe doch nicht?« begann er mit strahlender Miene. »Ich dachte, es würde Sie interessieren, daß Ihre verehrte Schwägerin in den Polizeidienst eingetreten ist. Strenggenommen kann man es vielleicht nicht als Polizei bezeichnen, aber sie ist bei Stormers Agentur angestellt.«

»Ist das Ernst, oder soll es ein Scherz sein?« fragte Martin.

»Voller Ernst. Ich sah zufällig, wie sie mit Willitt in einen Juwelierladen ging und wie er ihr das Stormersche Abzeichen kaufte: einen kleinen silbernen Stern mit Stormers Namen auf der Rückseite. Ich kenne das Abzeichen, und die junge Dame schien sich sehr darüber zu freuen. Und wissen Sie, was Willitt tat, als er sich von ihr getrennt hatte?«

Martin zuckte ungeduldig die Achseln.

»Er ging ans nächste Telefon und rief das Ritz-Carlton-Hotel an, um dort ein Zimmer für die junge Dame zu bestellen.« Smith zog ein Taschentuch heraus, betupfte seine Lippen und setzte lächelnd hinzu: »Herr Brown – oder Torrington – wohnt im ›Ritz-Carlton‹.«

Das Ehepaar Elton war fassungslos.

»Ich dachte, ich müßte Ihnen das sagen«, fuhr Smith fort. »Für Leute, die heute ein gewisser Wilfred auf die Spur von Torringtons Millionen gebracht hat, kann die Nachricht ja von Wert sein. – Ein reizendes Mädchen, Ihre jüngere Schwester, Frau Elton!«

Martin zuckte zusammen, aber Dora hatte ihre Fassung zurückgewonnen. »Sie meinen Audrey?« sagte sie lachend. »Ich bin ja ein volles Jahr jünger als sie!«

Slick Smith blickte sie prüfend an. »Für Ihre Schwester scheint man sich allseitig sehr zu interessieren«, bemerkte er nachdenklich. »Jetzt hat schon der dritte Mann versucht, sie zu fangen, und auch diesem dritten ist es mißlungen. Ich habe eine Ahnung, als ob ich noch zur Beerdigung des vierten gehen werde.«

28

Dick Shannon saß in seiner Wohnung am Haymarket und blätterte in einem Briefordner. Er las einen der mit Maschine beschriebenen Bogen durch, um sein Gedächtnis aufzufrischen.

Tonger trug einen grauen Anzug, schwarze Schuhe, blaugestreiftes Hemd und weißen Kragen. Die Taschen enthielten 27 Pfund und 200 Franken; eine alte goldene Uhr, Nr. 984371, mit goldener Kette; zwei Schlüssel; eine Brieftasche; ein Rezept für Schlaftabletten (verschrieben von Doktor Walters, Park Lane, bei dem Tonger über Schlaflosigkeit klagte); einen Dreikantpfriem. Tonger fuhr am Morgen seines Todestages nach Paris, gab einen Brief an unbekannte Adresse ab und kehrte am selben Tag zurück.

Dick schloß einen Stahlschrank auf, nahm eine kleine Schachtel heraus und betrachtete mit Hilfe einer Lupe diesen Pfriem, der bereits von erfahrenen Technikern geprüft und gemessen worden war und viel Kopfzerbrechen verursacht hatte. Das Instrument war etwa zehn Zentimeter lang, hatte eine stumpfe Spitze und endete oben in einem Griff. Oben wurde es dicker, bis es dort, wo es im Holz befestigt war, etwa zwei Zentimeter Durchmesser hatte. An dieser Stelle verriet sich selbst dem unerfahrenen Auge Dilettantenarbeit. Dick erinnerte sich des Schraubstocks und der Feilen im Vorratsraum und war überzeugt, daß dies sonderbare Werkzeug dort verfertigt worden war. Aber wozu?

Unmutig lehnte Dick sich zurück und sann und sann, bis ihm ganz wirr im Kopf wurde. Plötzlich fuhr er zusammen. Wer warf denn Steinchen gegen sein Fenster? Er blickte hinaus, sah aber nur ein paar Menschen mit aufgespannten Regenschirmen vorübereilen. Doch als er sich unwandte, klirrte es wieder gegen die Scheibe. Nun rief er seinen Diener, befahl ihm, sich zwischen das Fenster und die Lampe zu setzen, und lief leise an die Haustür hinunter, die er nur einen Zentimeter weit öffnete, um angestrengt zu horchen. Gleich darauf rasselte es wieder, und er stürzte hinaus. Es war ein Mädchen im Regenmantel, das er am Arm packte.

»Nun, mein Fräulein, was bedeutet das?« begann er in strengem Ton – und blickte in Audreys lachende Augen.

»Was, in aller Welt . . .?«

»Ich wollte Sie sprechen, und da Detektive niemals klingeln –«

»Was soll das heißen? Kommen Sie herein! Womit warfen Sie denn – mit Hühnerfutter?«

»Nein, die Hühnersache habe ich überhaupt aufgegeben. Wir sind jetzt Kollegen.«

Sie hatten inzwischen sein Zimmer erreicht, und als der Diener fortgeschickt war, zog Audrey einen kleinen silbernen Stern aus der Tasche und legte ihn mit dramatischer Gebärde auf den Tisch.

»Stormer?« murmelte er, als ob er seinen Augen nicht traute. »Aber Sie sagten doch, daß –«

»Mit Hühnern habe ich ein für alle Schluß gemacht«, wiederholte sie, während sie ihren triefenden Mantel auszog. »Sie bekommen mir nicht! Aber ich sehe, daß Sie Damenbesuch nicht gewöhnt sind, Captain, und das spricht zu Ihren Gunsten.« Sie schellte. »Sehr heißen Tee und sehr heißen Toast, bitte!« befahl sie dem höchst erstaunten Diener und wandte sich, als dieser verschwunden war, wieder an Dick. »Wenn eine Dame zu Ihnen kommt, ist das erste, was Sie zu tun haben, daß Sie fragen, ob sie Tee zu trinken wünscht, und die zweite Frage ist, ob sie Hunger hat. Dann schieben Sie den behaglichsten Lehnstuhl ans Feuer heran und fragen in besorgtem Ton, ob ihre Füße vielleicht naß geworden sind – was bei mir nicht der Fall ist. Sie mögen ja ein guter Detektiv sein, aber Sie sind ein schlechter Gastgeber.«

»Nun erzählen Sie mir, was Sie für Abenteuer erlebt haben!« bat er, während er ihren Anweisungen nachkam.

Das tat sie denn auch und sagte zum Schluß: »Ich habe also nichts weiter zu tun, als in einem netten Hotel zu wohnen und ein mütterliches Auge auf einen sechzigjährigen alten Herrn zu haben, der mich nicht einmal kennt und meine Bevormundung wahrscheinlich bitter übelnehmen würde. Aber es ist eine anständige Beschäftigung, und Herr Stormer ist jedenfalls anziehender als Herr Malpas – und menschlicher.«

Sie unterbrach sich, als der Diener den Tee brachte und sich anschickte, den Tisch zu decken, was Dick aber für überflüssig erklärte.

»Ein Beruf ist es schließlich«, sagte Dick, »wenn auch kein angenehmer für ein junges Mädchen. Jedenfalls bin ich froh, daß Sie bei Stormer sind. Ich weiß nicht recht, was ich Ihnen raten soll. Einen Plan für Ihre Zukunft habe ich ja, und ich wollte, Sie fänden irgend etwas mehr Erheiterndes und Ungefährlicheres, bis ich mit diesem Portman-Square-Rätsel fertig bin und Malpas hinter Schloß und Riegel habe. Und dann –«

»Nun – und dann?« fragte sie, als er verstummte.

»Dann werden Sie mir hoffentlich gestatten, mich um – Ihre Angelegenheiten zu kümmern«, sagte er ruhig, und es lag etwas in seinem Blick, was sie veranlaßte, rasch aufzustehen.

»Ich muß nach Hause«, murmelte sie. »Der Tee war köstlich.«

Er klingelte nach ihrem Mantel, der in der Küche trocknete.

»Was würden Sie sagen, wenn ich Ihre Zukunft in die Hand nähme?«

Sie schüttelte den Kopf. »Ich – ich weiß nicht. . . Ich bin Ihnen ja sehr dankbar – für alles, was Sie getan haben –«

In diesem Augenblick brachte der Diener den Mantel, und Dick half ihr hinein. Im gleichen Moment schellte es, und Steel kam herein.

Er verbeugte sich leicht vor Audrey und wandte sich dann an Dick.

»Was sind das für Dinger?« fragte er und holte eine Handvoll ›Kiesel‹ von verschiedener Größe hervor. Er schüttete eine Handvoll nach der andern auf den Tisch. »Nun, Sir?« fragte er triumphierend.

»Das . . .«, sagte Dick gedehnt, »das sind Diamanten, im Wert von etwa 250 000 Pfund.«

»Und noch dreimal soviel liegen in Malpas' Zimmer«, fuhr Steel fort. »Der Götze ist voll davon! Ich entdeckte das Versteck ganz zufällig, als ich mich ein bißchen langweilte und an den beiden Bronzekatzen herumtastete. Ich überlegte, ob sie wohl nur zum Schmuck dienten oder irgendwelchen Nutzen hätten, und als ich an dem einen Tier herumzerrte, begann es sich zu drehen, und zwar mit einem Geräusch, als ob sich ein großes Uhrwerk in Gang setzte. Das Tier drehte sich halb um sich selbst, und als ich mein Heil mit dem andern versuchte, wiederholte sich die Geschichte. Und dann – ich weiß nicht, ob ich unbewußt eine Feder berührt hatte – mit einem Male öffnete sich die Brust des Götzen in der Mitte – ganz wie eine Flügeltür. Ich kletterte auf das Gestell und leuchtete mit meiner Taschenlampe hinein und – ich schwör' Ihnen, der Körper ist bis zur Hälfte voll von solchen und teilweise noch größeren Steinen!«

Dick betrachtete die Diamanten. Jeder Stein war mit einem kleinen roten Siegel versehen, das seinen Fundort bezeugte. »Er wird sie nicht verkauft haben, weil die Diamantenpreise in den letzten Jahren wegen Überproduktion gesunken sind«, bemerkte er. »Sie haben die Tür des Götzenbildes natürlich wieder geschlossen.«

»Selbstverständlich! Und glücklicherweise war ich allein im Zimmer, als ich die Entdeckung machte.«

Shannon schüttete die Steine in eine Schale und verwahrte sie in seinem Geldschrank. »Die übrigen müssen noch heute nach Scotland Yard geschafft werden«, sagte er. Dann forderte er Audrey auf mitzukommen, versah sich mit einer Aktentasche und machte sich auf den Weg.

Steel hatte zwei Leute in Malpas' Zimmer auf Posten gelassen. Ein dritter befand sich in der Halle, und der Inspektor kam von oben herunter. Auf Dicks Wunsch wurde im Hinblick auf etwaige neue Zwischenfälle noch der Mann aus der Halle heraufgerufen. Dann ging Dick auf die Nische zu und zog den Vorhang beiseite. Sobald er die Katzen drehte, setzte sich die Maschinerie in Gang, und Dick stieg hinauf und holte eine Handvoll Steine heraus.

»Die Sache stimmt«, sagte er, indem er wieder hinabsprang und die Steine in seine auf Malpas' Schreibtisch stehende Tasche schüttete.

Im selben Augenblick hörte er einen Knacks und fuhr herum. Beide Katzen begannen sich langsam zurückzudrehen, und gleichzeitig gingen alle Lichter aus.

»Stellen Sie sich vor die Tür!« befahl Shannon rasch. »Einer

von den Leuten soll sich zum Büfett hintasten und den Gummiknüppel dabei gegen die Täfelung drücken. Sobald sie sich bewegt, muß er zuschlagen. Wo sind die Taschenlampen?«

»Draußen auf dem Flur, Sir«, meldete der Inspektor.

»Holen Sie sie! Der Mann an der Tür läßt den Inspektor
durch und gibt scharf acht, daß es auch wirklich der Inspektor
ist, der zurückkommt.«

Audrey fühlte ihr Herz heftig schlagen, und ihre Hand tastete
nach Dicks Arm. »Was wird geschehen?« flüsterte sie ängstlich.

»Ich weiß nicht«, gab er ebenso leise zurück. »Bleiben Sie dicht
hinter mir und halten Sie meinen linken Arm fest!«

»Die Tür ist zu!« rief der Inspektor.

Gleichzeitig sagte Steel, der am Boden entlang auf den Götzen
zukroch: »Hat nicht jemand ein Streichholz? Captain, haben Sie
etwas gehört?«

»Es kam mir so vor, als ob ich ein leises Wimmern hörte. Können Sie den Götzen fühlen?«

»Ich bin – Oh, mein Gott!«

Audreys Blut erstarrte bei diesem Schmerzensschrei.

»Was ist los?« rief Dick.

»Ich berührte etwas Glühendes!« Sie hörten ihn stöhnen.

»Irgend etwas brennt«, flüsterte Audrey. »Riechen Sie es
nicht?«

Dick machte sich sanft von ihr los.

»Ich muß sehen, was vorgefallen ist«, sagte er.

Im selben Augenblick flammte das Licht wieder auf. Dem Anschein nach hatte sich nichts bewegt. Steel befühlte seine Hand,
deren innere Fläche einen roten Striemen aufwies. »Es ist eine
Brandwunde«, stöhnte er.

Dick rannte hin und befühlte das Gestell, auf dem der Götze
stand. Es war eiskalt.

»Ich glaube, es war etwas, das aus dem Fußboden herauskam,
Sir«, sagte Steel, »eine glühende Schranke oder so etwas . . .«

»Erst wollen wir uns mal die Steine holen!« erklärte Dick und
drehte die Katzen. Die kleine Tür öffnete sich, und er stieg hinauf und streckte die Hand hinein.

Der Körper des Götzen war leer.

Alle Untersuchungen waren ergebnislos. Eine Falltür war nicht vorhanden, und die Stahltrossen des Aufzugs hatte Dick durchschneiden lassen.

»Holen Sie die Lampen!« befahl Dick. »Von jetzt an muß jeder Mann eine bei sich tragen.«

Wie auf ein Signal hin erlosch das Licht von neuem, und die Tür schloß sich, bevor einer der Leute sie zu erreichen vermochte. Aber diesmal währte die Dunkelheit nur einen Augenblick.

»Dies fängt an, unheimlich –« begann Dick und verstummte plötzlich, als das Licht wieder aufflammte.

Vor dem Götzen lag ein lederner Beutel. Er war neu und groß.

Dick sprang hin, hob ihn auf und legte ihn auf den Tisch.

»Sehen Sie sich vor, Sir!« rief Steel.

Rasch betastete Dick den Beutel. »Es ist keine Bombe«, sagte er und öffnete ihn hastig.

Fast wäre er in Ohnmacht gefallen. Der Beutel war beinahe bis zum Rand mit den Steinen gefüllt, die er in der Brust des Götzen gesehen hatte. Dick holte tief Atem und winkte Steel heran.

»Das sind wohl ungefähr alle, die da waren?« frage er.

Steel vermochte, sprachlos vor Staunen, nur mit dem Kopf zu nicken.

»Inspektor, sagen Sie Ihren Leuten, daß sie ihre Sachen zusammensuchen«, fuhr Dick fort. »Ich hebe die Bewachung dieses Hauses auf.«

Kurz darauf verließen sie alle das Haus, und Dick streckte die Hand aus, um die Tür zu schließen, als sie von selbst ins Schloß fiel. Zugleich wurde es drinnen hell, und am Fenster schob jemand die Gardine beiseite und blickte heraus.

»Ich versuch's!« rief Dick und hob den Revolver.

Drei Schüsse knallten, Scheiben klirrten – das Licht erlosch.

»Dies kann mir ernste Ungelegenheiten bereiten«, sagte Dick, »aber – bei Gott! – ich hoffe, daß ich ihn getötet habe!«

»Wen?« fragte Audrey ängstlich.

Aber Dick gab keine Antwort, denn schon eilten von allen

Seiten Neugierige herbei. Sie stiegen rasch in das wartende Auto, und Dick preßte den Lederbeutel fest an sich.

»Wir fahren erst in meine Wohnung«, sagte er zu Audrey. »Da tun wir die übrigen Steine dazu, und dann bringe ich sie nach dem Yard. Ich habe keine Ruhe, bevor sie nicht hinter bombensicheren Stahltüren sind.«

»Hu!« murmelte Audrey. »Ich werde keinen guten Detektiv abgeben. Ich hätte fast geschrien!«

»Und ich auch, Fräulein Bedford«, sagte Steel. »Können Sie wohl einen Umweg machen und mich am Middlesex-Hospital absetzen? Ich möchte meine Hand verbinden lassen.«

Sie machten einen Umweg, und als er ausgestiegen war, sagte Audrey: »Sie hätten einen Polizisten mitnehmen sollen, Captain.«

Er lachte. »Zwischen der Wardour Street und Scotland Yard wird uns wohl nichts zustoßen«, erwiderte er.

Aber schon nach wenigen Minuten ereilte sie das Schicksal. Ein großes Auto kam hinter ihnen her, machte eine plötzliche Wendung und fuhr in die kleinere Taxe hinein, so daß diese krachend auf den Gehsteig geschleudert wurde.

Dicks erster Gedanke galt Audrey. Im Nu hatte er sie mit einem Arm umfaßt und zog sie an sich, um ihr Gesicht zu schützen, als die Fensterscheiben in tausend Stücke zersprangen. Gleichzeitig wurde die Tür aufgerissen, und eine Hand tastete herein. Dick sah sie nach dem Lederbeutel greifen, und seine Faust stieß zu. Der Schlag traf den Mann gegen die Schulter, so daß er eine Sekunde lang den Beutel losließ. Dann führte er einen Stoß durch die Tür. Dick sah Stahl blitzen, und indem er sich wand und drehte, um auszuweichen und seinen Revolver herauszuziehen, wehrte er sich mit einem kräftigen Fußtritt, der glücklicherweise traf. Dann hörte er einen Schrei, und ein Messer klirrte auf die Scherben nieder.

»Haltet den Mann!« schrie Dick. Er hatte den herbeilaufenden Polizisten gesehen, aber das Knattern des Motors übertönte seine Stimme. Das andere Auto glitt im Bogen um den Beamten herum und verschwand in der Shaftesbury Avenue.

Mühsam kletterte Dick aus dem Wagen heraus und half Audrey auf die Füße.

»Haben Sie sich die Nummer gemerkt?« fragte er.

»Ich hab's getan«, sagte der Chauffeur. »XG 97435.«

Dick lachte. »Die Nummer meines eigenen Autos!« bemerkte er. »Unser Freund hat jedenfalls Humor.«

Jetzt fand sich ein Inspektor ein, der nach einer kurzen Unterhaltung mit Dick ein Auto herbeischaffte und mit nach dem Haymarket fuhr.

»Hallo!« sagte Dick, als sie vor der Wohnung vorfuhren und er zu den Fenstern emporblickte. Er hatte seinem Diener befohlen, das Wohnzimmer nicht zu verlassen, bevor er zurückgekehrt sein würde, und jetzt war es oben dunkel.

»Kommen Sie in den Flur herein und halten Sie den Beutel«, sagte er zu dem Beamten, »Audrey, bleiben Sie hinter dem Inspektor stehen.«

Er drehte das Treppenlicht an und öffnete seine Flurtür. Die Birne auf dem Gang war entfernt worden, so daß er vergebens am Lichtschalter drehte. Mit vorgehaltener Pistole trat er die verschlossene Wohnzimmertür ein, knipste das Licht an und sah seinen Diener William blutend vor dem Sofa liegen. Und der Stahlschrank stand offen! Die gesprengte Tür hing an einer Angel. Die Schale mit ihrem kostbaren Inhalt war verschwunden.

Glücklicherweise erwies sich Williams Wunde als ungefährlich, und als er begann, wieder zu Bewußtsein zu kommen, ging Dick in sein nebenan gelegenes Schlafzimmer. Dort stand ein Fenster offen. Er machte es zu und ließ das Rouleau herab. Außerdem standen die Schubladen seines Toilettentisches offen, und auch das Bett war zerwühlt.

Nun ging er wieder aus der Wohnung heraus und sah, daß es im Treppenhaus dunkel war.

»Wer hat das Licht ausgedreht?« rief er hinab.

»Ich dachte, Sie hätten es getan, Sir!« erwiderte der Inspektor.

»Kommen Sie herauf und bringen Sie den Beutel mit. Bitte kommen Sie auch mit, Audrey.«

»Den Beutel, Sir? Den haben Sie doch genommen!«

»Was?« schrie Dick.

»Als Sie eben herunterkamen, sagten Sie doch: ›Geben Sie mir den Beutel, und bleiben Sie hier stehen!‹«

»Oh, Sie unglaublicher Idiot! Konnten Sie ihn denn nicht sehen?« tobte Dick.

»Es war ja dunkel, Sir.«

»Haben Sie ihn gesehen, Audrey?«

Keine Antwort.

»Wo ist die junge Dame?«

»Hier unten, neben der Tür.«

Dick fuhr herum und drehte das Licht an.

Audrey war verschwunden.

Der Taxichauffeur wartete noch. Er hatten ›den Herrn‹ mit einem Beutel in der Hand herauskommen sehen, und dann war die Dame herausgekommen. Wohin sie gegangen waren und ob sie zusammen weggegangen waren, konnte er nicht angeben.

Binnen allerkürzester Zeit hatte jede Polizeiwache Londons von dem Raub erfahren. Motorradfahrer waren unterwegs, um die Schutzleute zu veranlassen, auf einen Mann mit einem großen Lederbeutel achtzugeben sowie auf eine genau beschriebene junge Dame im Regenmantel.

William vermochte nichts weiter auszusagen, als daß er die Zeitung gelesen hätte, bis er mit einem Male nichts mehr von sich gewußt habe.

Als Dick hastig herauskam, um nach Scotland Yard zu fahren, begegnete er einem Polizisten in Zivil, den er kannte, und fragte ihn, ob er Audrey vielleicht gesehen hätte, aber der Mann verneinte es.

»Ich stand oben am Eingang zur Untergrundbahn«, sagte er, »und da war natürlich wie immer ein großes Gedränge. Mir ist aber niemand aufgefallen. Nur Slick Smith sah ich vorbeikommen, in einem ganz durchnäßten dunkelblauen Mantel.«

»Wann war das?«

»Vor ungefähr fünf Minuten, Sir.«

Im Yard waren noch keine Nachrichten eingelaufen, als Dick dort eintraf, und so machte er sich denn sofort auf, um Slick Smith aufzusuchen.

Der war nicht zu Hause, aber der Hauswirt hatte nichts dagegen, daß er in Smiths Zimmer hinaufging, um ihn dort zu erwarten. Die Tür war zu, ließ sich jedoch leicht öffnen, und Dick hatte kaum begonnen, sich die Zimmer genau anzusehen, als ihr Bewohner auch schon lächelnd mit einer großen Zigarre im Mundwinkel hereinkam.

»Guten Abend, Captain!« sagte er heiter. »Wie nett von Ihnen, daß Sie mich besuchen!«

Dick schloß die Tür.

»Erzählen Sie mir genau, was Sie von fünf Uhr an getrieben haben!« sagte er schroff.

»Das ist nicht leicht«, erwiderte Smith. »Das einzige, was ich weiß, ist, daß ich mich um ein Viertel nach neun auf dem Haymarket befand. Einer von Ihren Spürhunden sah mich, und es wäre albern, wenn ich es ableugnen wollte. Die übrige Zeit bin ich herumgebummelt. Übrigens hat mir die Stormersche Agentur einen Späher an die Fersen gehängt. Den brauchen Sie also nur zu fragen. Ich will Ihnen etwas sagen, Captain: Lassen Sie uns die Karten aufdecken. In Ihrer Wohnung hat heute ein Einbruch stattgefunden. Wollen Sie mich deshalb holen?«

»Ich will Sie gar nicht holen. Aber Sie sind verdächtig und wurden in der Nähe des Haymarket gesehen, als der Einbruch stattfand. – Was ist denn mit Ihrem Gesicht los?« Er drehte ihn zur Lampe hin. Von der Wange bis über das linke Ohr hinauf zog sich eine lange Schramme, die im Haar verlief. »Das ist ja die Spur einer Kugel! Und hier am Kinn ... Rührt die Wunde von Glasscherben her? Ich will Ihnen etwas sagen, Smith: Sie standen hinter einem Fenster, die Kugel fuhr durchs Glas, streifte Ihren Kopf, und ein Glassplitter – ah, was ist das?« Er zupfte einen winzigen Glassplitter von dem nassen Mantelärmel.

Eine Weile schwiegen beide und sahen einander an. Dann sagte Slick Smith: »Alle Achtung, Shannon! Sie sind wirklich ein tüchtiger Detektiv. Ja, man hat auf mich geschossen – durch das Fenster einer Taxe. Einer von den schäbigen Halunken in Soho hat einen heimlichen Groll auf mich. Hier ist die Nummer des Wagens – falls Sie Nachforschungen anstellen wollen.«

Er holte eine Karte mit einer draufgekritzelten Nummer aus der Tasche und legte sie auf den Tisch. Sein Alibi war gut vorbereitet.

Diese Kaltblütigkeit reizte Dick aufs äußerste. Seine Nerven waren bis zum Zerreißen gespannt, und er wußte im Grunde seines Herzens, daß der Verlust eines Vermögens in Diamanten ihm nicht so nahe ging wie die Frage, ob Audrey in Gefahr war.

»Smith«, sagte er eindringlich, »wollen Sie mir den Gefallen tun, bis zu einem gewissen Grad offen gegen mich zu sein? Als ich nach Hause fuhr, kam Fräulein Bedford mit. Kennen Sie sie?«

»Ich habe sie einmal gesehen«, erwiderte Smith.

»Nun – ob Sie mit dem Einbruch zu tun hatten, ist mir vollkommen gleichgültig, aber wollen Sie mir eines sagen: nämlich, ob Sie Fräulein Bedford heute abend gesehen haben?«

Smith lächelte übers ganze Gesicht. »Natürlich hab' ich sie gesehen!« sagte er. »Sie stand ja vor zwei Minuten vor diesem Haus.«

Er hatte kaum gesprochen, als Dick auch schon die Treppe hinabstürmte. Auf dem Bürgersteig ging eine Gestalt im Regenmantel auf und ab.

»Audrey«, schrie er auf, und bevor er sich darüber klar war, was er tat, hielt er sie schon in den Armen. »Oh, Audrey, wie wundervoll!« sagte er mit bebender Stimme. »Sie wissen nicht, was diese Minute für mich bedeutet.«

»Hat Herr Smith Ihnen denn nicht gesagt, daß ich hier wartete?« fragte sie, indem sie sich sanft losmachte.

»Hatte er sich denn gedacht, daß ich hier sein würde?« entgegnete Dick erstaunt.

Er brachte sie mit nach oben, und dann begann sie zu erzählen.

»Ich dachte auch, daß Sie es wären, als ein Mann herunterkam und dem Inspektor etwas zuflüsterte. Aber als er die Tür aufriß, sah ich, daß Sie es nicht waren. Dick – es war Malpas! Ich hätte beinahe laut aufgeschrien, aber da berührte meine Hand zufällig das silberne Abzeichen in meiner Tasche, und ich wurde mir meiner Verantwortung als Detektivin bewußt. Ich lief hinter ihm her und verfolgte ihn durch die Panton Street und über den Leicester Square bis zur Coventry Street. Von da aus ging er durch eine Nebengasse, dann am Pavillon-Theater vorüber und die

Great Windmill Street hinauf. Ich sah ein Auto stehen, und als er einstieg, beging ich eine Dummheit. Ich schrie: ›Halt!‹ und rannte auf das Auto zu, und zu meiner größten Überraschung fuhr er nicht fort, sondern schaute aus der geschlossenen Limousine heraus und sagte: ›Sind Sie's, Fräulein Bedford? Steigen Sie doch bitte ein! Ich möchte mit Ihnen sprechen.‹ Da ergriff ich die Flucht, und er sprang blitzschnell aus dem Auto heraus. Wie ich ihm entkommen bin, weiß ich selbst nicht. Es war kein Mensch in der Nähe, und ich war in Todesangst! Als ich schon mehrmals um Ecken herumgelaufen war, konnte ich nicht weiter und sah mich um, und gerade als ich überlegte, ob ich einen Polizisten suchen und ihm Bescheid sagen sollte, kam Herr Smith in Sicht. Ich erschrak entsetzlich, denn ich dachte, es wäre Malpas. Und das ist alles! Herr Smith brachte mich dann in Ihre Wohnung, und da trafen wir einen Polizisten, der uns sagte, Sie hätten sich nach mir erkundigt.«

Dick holte tief Atem. »Wie kam es denn, daß Sie in der Nähe waren, Smith?«

»Ich war der jungen Dame gefolgt – was ich vielleicht nicht getan hätte, wenn ich nicht gewußt hätte, daß sie eine von Stormers Angestellten ist«, erwiderte Slick Smith, ohne mit der Wimper zu zucken. »Aber jetzt werden Sie gehen wollen, Captain. Gute Nacht!«

30

Als Audrey am nächsten Morgen erwachte, sah sie sich verwundert in ihrem luxuriös ausgestatteten Zimmer um. Es klopfte, und als sie wieder ins Bett gehuscht war, rollte ein Zimmermädchen einen kleinen Frühstückswagen herein, auf dem neben dem Teller zu ihrer größten Überraschung ein Brief von Dora lag. Ihre Verwunderung steigerte sich noch mehr, als sie die folgenden Zeilen las:

Mein liebes Kind!
Kannst Du mir die gräßlichen Sachen, die ich Dir gesagt und

angetan habe, wohl jemals verzeihen? Der Gedanke, daß Du unsertwegen unschuldig ins Gefängnis gingst, läßt mir und Martin keine Ruhe, und wenn ich an meinen gemeinen Angriff auf Dich denke, glaube ich, daß ich damals nicht bei Verstand war. Willst Du lieb sein und vergeben und vergessen? Ich habe Dir viel zu sagen. Bitte rufe an.

Deine Dich liebende Schwester Dorothy.

»Dorothy?« murmelte Audrey verwundert. Dennoch empfand sie etwas wie Freude und lief gleich ans Telefon.

Doras Stimme klang matt, als sie antwortete. »Nett, daß Du kommen willst! Du arbeitest jetzt ja wohl für Stormer?«

»Woher weiß du das?«

»Irgend jemand erzählte es. Aber das ist ja einerlei, wenn du nur kommst!«

Audrey ging ins Bad und benutzte die Gelegenheit, sich bei dem Zimmermädchen nach dem geheimnisvollen Herrn Torrington zu erkundigen.

»Sie sagen ja, daß er Millionär ist«, erwiderte diese achselzuckend, »aber ich kann nicht finden, daß er viel Spaß von seinem Geld hat. Den ganzen Tag sitzt er in seinen Zimmern und raucht oder liest, und abends geht er aus. Aber nicht ins Theater oder so etwas! Nein, er bummelt nur so in den Straßen herum. Na, das sollte ich mal sein! Jeden Abend ginge ich ins ›Palais de Danse‹.«

»Ist er jetzt da?«

»Ja, ich habe ihm eben sein Frühstück gebracht. Das muß ich sagen: Höflich ist er immer, und er lebt sehr regelmäßig. Um fünf Uhr steht er schon immer auf. Da muß ihm der Nachtportier Kaffee und Brötchen bringen. Er sagt, daran wär' er so lange gewöhnt gewesen, daß er sich's nicht wieder abgewöhnen kann.«

»Hat er einen Sekretär?«

»Nein – gar nichts! Nicht mal einen Papagei!«

Audrey sprach mittags telefonisch mit der Stormerschen Agentur. Sie schienen dort sehr befriedigt von ihrem mageren Bericht zu sein, und darüber wunderte sich Audrey, während sie sich in die Curzon Street begab.

Dora empfing sie sehr freundlich, faßte sie an beiden Schultern und sagte: »Du hast uns also wirklich vergeben? Gottlob siehst du ja ganz gesund aus. Kein Mensch würde glauben, daß du ein Jahr älter bist als ich!«

»Älter als du?« fragte Audrey erstaunt.

»Nun ja, Kind! Die Konfusion hat Mutter zu verantworten. Sie war nun einmal wunderlich – besonders in ihrer Abneigung gegen dich. Du bist ein Jahr älter als ich. Siehst du, hier ist dein Geburtsschein: ›Audrey Dorothy Bedford‹. Bedford war Mutters erster Mann.«

Verwirrt starrte Audrey auf das Papier. »Aber sie sagte doch immer, du wärest älter, und du saßest in der Schule auch immer eine Klasse höher! Wenn dies wahr ist, dann ist mein Vater –«

»Ganz recht, mein Schatz! Dein Vater sitzt nicht in der Strafanstalt«, sagte Dora leise und schlug die Augen nieder. »Ich wollte es nicht wahrhaben, aber – es ist meiner! Er ist ein Amerikaner, der nach Südafrika kam und Mutter heiratete, als du kaum vier Wochen alt warst.«

»Wie sonderbar!« murmelte Audrey. »Ich soll mit einem Male nicht Audrey sein! Und wir heißen beide Dorothy?« Sie zuckte plötzlich zusammen und sprang vom Stuhl auf. »Ich kann beweisen, daß ich die jüngere bin!« rief sie triumphierend aus. »Mutter hat mir ja selbst gesagt, wo ich getauft worden bin – in einer Kapelle in Rosebank in Südafrika!«

Als Dora ihre Schwester an die Haustür geleitet hatte und ins Wohnzimmer zurückkehrte, kam ihr Mann mit totenblassem Gesicht aus dem angrenzenden Raum herein.

Beim Anblick seiner entstellten Züge fuhr sie entsetzt zurück.

»Martin – du willst doch nicht etwa . . .?«

Er nickte. Ein Leben stand zwischen ihm und traumhaftem Reichtum. Sein Entschluß war gefaßt.

Herr Willitt war in Dan Torringtons Gegenwart immer befangen. Auch jetzt verursachte ihm der forschende Blick des alten

Mannes Unbehagen. Torrington stand mit einer Zigarette im Mund mit dem Rücken zum Feuer am Kamin und sagte lebhaft: »Ich habe volles Vertrauen zu Stormer, aber ein junges Mädchen als Sekretärin ist nichts für mich. Sie würde mir auf die Nerven fallen! Wer ist sie denn überhaupt?«

»Es ist die Dame, die bei Malpas angestellt war, Sir.«

»Doch nicht die Freundin von diesem netten Captain Shannon?«

»Jawohl, Sir.«

»Oh!« Torrington rieb sich das Kinn. »Und Shannon wünscht es?«

»Shannon weiß gar nichts davon, Sir. Der Gedanke stammt von Herrn Stormer. Um die Wahrheit zu sagen –«

»Aha!« bemerkte der andere trocken. »Also endlich die Wahrheit! Na, lassen Sie hören«

»Sie ist bei uns angestellt, und wir möchten jemand in Ihrer Nähe haben – für alle Fälle.«

»Ist sie eine so tüchtige junge Dame?« Torrington lachte. »Na, schicken Sie mir das Mädchen heute nachmittag her. Ansehen kann ich sie mir ja immerhin. Wie heißt sie denn?«

»Audrey Bedford.«

Der Name sagte Torrington nichts. »Also um drei«, erwiderte er.

»Sie ist hier im Hotel. Würden Sie . . .«

»Was? Sie haben sie gleich mitgebracht?«

»Sie wohnt hier«, sagte Willitt. »Wir – wir hatten sie nämlich beauftragt, Ihnen ihre Aufmerksamkeit zu widmen . . .«

Torrington lächelte belustigt. »Wenn mein Gedächtnis mich nicht täuscht, möchte ich fast glauben, daß ich alle Hände voll zu tun haben werde, um sie zu beschützen«, sagte er. »Aber mag sie kommen!«

Willitt glitt hinaus und kehrte gleich darauf mit Audrey zurück.

Torrington musterte sie mit einem raschen Blick vom Kopf bis zu den Füßen.

»Etwas weniger Detektivhaftes hab' ich noch nie gesehen«, sagte er trocken.

»Und ich komme mir noch weniger detektivhaft vor«, erwiderte sie lachend, als er ihr die Hand gab. »Herr Willitt sagte mir, Sie wünschten mich als Sekretärin anzustellen?«

»Herr Willitt übertreibt«, entgegnete Torrington gutmütig. »Das einzige, was ich nicht wünsche, ist, Sie nicht zur Sekretärin zu haben, aber ich fürchte, daß ich Sie bitten muß, diese Stellung anzunehmen. Sind Sie eine gewandte Sekretärin?«

»Nein, das bin ich nicht«, gestand sie bekümmert.

»Um so besser!« Sein Lächeln wirkte ansteckend. »Ich glaube nicht, daß ich eine gewandte Sekretärin aushalten könnte – befähigte Menschen wirken entsetzlich bedrückend. Jedenfalls werden Sie nicht heimlich an meine Briefe gehen und sie lesen und fotografieren. Und ich werde mein Geld sicherlich auch herumliegen lassen können, ohne etwas davon zu vermissen. – All right, Herr Willitt, ich will das Nähere mit dieser Dame besprechen.«

Willitt verließ das Zimmer.

Er fühlte sich seltsam zu dem Mädchen hingezogen. »Pflichten werden Sie fast gar keine haben«, erklärte er scherzend. »Ihre Dienststunden werden – jetzt erinnere ich mich Ihrer! Sie sind das Mädchen, das sich im vergangenen Jahr Unannehmlichkeiten zuzog!«

Dieser elende Diamantenraub! Würde er denn nie in Vergessenheit geraten?

»Sie haben eine Schwester, nicht wahr? – Hm! Eine schlimme Person ... Oh, verzeihen Sie mir, wenn ich Sie verletzt habe!«

»Sehr verletzt nicht, aber sie ist nicht so schlimm, wie die Leute glauben.«

»Sie würde es nicht sein, wenn sie Martin Elton nicht geheiratet hätte«, versetzte er. »Den Herrn kenne ich besser, als Sie ahnen. Sie haben für Malpas gearbeitet, nicht wahr? Ein sonderbarer Herr!«

»Sehr sonderbar!« bestätigte sie mit Nachdruck.

»Wissen Sie, daß er steckbrieflich gesucht wird?«

»Ich dachte es mir. Er ist ein Ungeheuer!«

Ein leises Lächeln glitt über Torringtons Gesicht. »Das kann schon sein. Sie haben gestern abend wohl einen tüchtigen Schreck erlebt? Ich nehme natürlich an, daß Sie dabei waren, als Shannon die Diamanten einbüßte.«

Sie starrte ihn erstaunt an. »Steht es in den Zeitungen?«

»Nein, nur in meiner Privatzeitung. Haben Sie die Steine gesehen? Haufen von wunderhübschen kleinen Steinen. Sie gehören mir.«

Audrey war sprachlos. Er sagte das so unbefangen und gleichmütig.

»Ja, sie gehören – oder vielmehr, sie gehörten mir. Jeder Stein ist mit dem Siegel der ›Hallam & Cold Mine‹ versehen. Sie können es Shannon sagen, wenn Sie ihn sehen – obwohl er es wahrscheinlich schon weiß.«

Seine Augen richteten sich plötzlich auf ihre Füße, und er blickte diese so lange an, daß ihr unbehaglich zumute wurde.

Schließlich stellte er eine erstaunliche Frage: »Bei nassem Wetter tut es etwas weh, nicht wahr?«

»Ja, ein wenig«, entfuhr es ihr, und dann stockte ihr der Atem. »Was meinen Sie denn damit? Wie konnten Sie wissen . . .?«

Er lachte – lachte, bis ihm die Tränen kamen –, und dann sagte er: »Verzeihen Sie mir! Ich bin ein neugieriger alter Mann.« Dann schob er ihr einen Haufen Briefe hin und deutete auf den Schreibtisch. »Bitte beantworten Sie die Sachen!«

»Wollen Sie mir bitte sagen, wie?«

»Das ist nicht nötig. Leuten, die Geld haben wollen, schreiben Sie: ›Nein‹. Leuten, die mich sprechen wollen, können Sie schreiben, ich wäre in Paris. Und Journalisten ein für allemal, daß ich leider soeben gestorben wäre.«

Er nahm einen zerknüllten Brief aus der Tasche. »Hier ist einer, der eine besondere Antwort erfordert«, fuhr er fort, ohne ihn ihr zu geben. »Bitte schreiben Sie: ›Am nächsten Mittwoch geht ein Schiff nach Südamerika ab. Ich biete Ihnen fünfhundert Pfund und freie Überfahrt. Wenn Ihnen Ihr Leben lieb ist, werden Sie auf mein Angebot eingehen.‹«

Audrey stenografierte hastig. »Und die Adresse?« fragte sie.

»Herr William Standford, Portman Square 552«, sagte der alte Mann, indem er zerstreut zur Decke hinaufstarrte.

31

Torringtons Wohnung im ›Ritz-Carlton‹ wies bei näherer Bekanntschaft allerlei Eigenartigkeiten auf, die Audrey erst bemerkte, als ihr neuer Chef nachmittags ausging und sie in seinen Zimmern allein ließ. Alle Türen waren mit Riegeln versehen, und als Audrey ein Fenster öffnete, um einen Gardinenbrand in einem gegenüberliegenden Haus zu beobachten, erschrak sie sehr, als die Türen aufgerissen wurden und drei Männer im Laufschritt hereinstürzten. Einer von ihnen war ein Stormerscher Agent, den sie kannte, die andern beiden waren Fremde.

»Bedaure, Sie erschreckt zu haben, Fräulein«, sagte der Agent. »Wir hätten es Ihnen mitteilen sollen, daß Sie keine Fenster öffnen dürfen.« Er schickte die beiden andern hinaus, schloß das Fenster sehr sorgfältig und fuhr fort: »Sie haben die Alarmanlage berührt. Sehen konnten Sie die nicht; sie wird durch das Drehen des Griffs ausgelöst. Es ist nicht nötig, hier die Fenster zu öffnen. Die Zimmer werden durch eine besondere Vorrichtung ventiliert. Und wenn Sie mitkommen wollen, will ich Ihnen noch etwas zeigen.« Er führte sie in Torringtons merkwürdig einfach eingerichtetes Schlafzimmer, das sonderbarerweise ein zweischläfriges Bett aufwies. »An dieser Seite schläft er, und wenn er den Kopf einmal zufällig auf dieses Kissen legt ...« Er hob es sehr behutsam auf, und sie gewahrte einen fadendünnen Draht, der unter dem Bett verschwand. »Der geringste Druck bringt sofort die Nachtwachleute herbei.«

»Ist Torrington wirklich in Gefahr?« fragte sie.

»Man kann nie wissen«, murmelte der Mann.

Im Laufe des Nachmittags fand Audrey Zeit, einige Zeilen an ihre Schwester zu schreiben:

Liebe Dora!

Wir waren wohl beide etwas kindisch. Meinetwegen nenne mich ›Dorothy‹ oder wie Du willst, und auch älter als Du will ich gern sein – ich fühle schon ganz mütterliche Regungen als Haupt der Familie! Auf Wiedersehen.

Dorothy

Als Dora diesen Brief erhielt, gab sie ihn Martin und sagte: »Die Sache läßt sich nicht durchführen. Ein Telegramm würde ja hinreichen, um Audreys Behauptung zu bestätigen.«

»Aber wir müssen es doch versuchen«, entgegnete ihr Mann. »Die Bank mahnt schon, weil ich mein Konto weit überzogen habe, und ich sitze fürchterlich in der Klemme. Wir müssen Audrey beiseite schaffen – irgendwohin auf den Kontinent.«

»Und Shannon?«

»Ach was, Shannon! Was Slick Smith mich kosten wird, macht mir mehr Sorgen. Er weiß zuviel! Nicht nur in bezug auf Audrey. Erinnerst du dich des Abends, an dem ich Marshalt erschießen wollte? Ich war gerade auf Marshalts Dach hinaufgeklettert, als der Spektakel unten losging. Am andern Ende des Dachs stand ein Detektiv. Er sah weder mich noch den Mann, der an dem Strick hinaufgeklettert kam, das Oberlichtfenster bei Malpas öffnete und hineinstieg. Aber ich sah ihn!«

»Dann hast du also den Mörder gesehen?« flüsterte sie.

»Ich sah noch mehr. Als er in die kleine Vorratskammer hineingeklettert war, knipste er eine Taschenlampe an und holte eine Perücke, eine falsche Nase und ein falsches Kinn aus der Tasche und staffierte sich damit aus. Als er alles festgemacht hatte, hätte ihn keiner von Malpas unterscheiden können.«

»Malpas!« stieß sie keuchend hervor. »Wer war es denn?«

»Slick Smith«, erwiderte Martin.

Inzwischen hatte Shannon beschlossen, das Götzenbild aus dem Haus Portman Square 551 entfernen und nach Scotland Yard überführen zu lassen.

»Nehmen Sie einen Mann in Zivil mit und lassen Sie die bestellten Leute von der Transportgesellschaft ein«, sagte er zu Steel. »Wenn wir das Ding erst hierhaben, werde ich es von erfahrenen Mechanikern untersuchen lassen. Übrigens habe ich heute mit einem von den Marshaltschen Mädchen gesprochen, und die erzählte mir, Marshalt hätte sich wirklich sehr vor seinem Nachbarn gefürchtet. Sie war einmal gerade im Zimmer, als es dreimal an die Wand klopfte, und da wäre Marshalt halb tot vor Angst gewesen.«

»Die Aussage kann uns nicht viel helfen«, meinte Steel.

»O doch! Ich kann mir jetzt denken, wer der Schurke mit den zwei Gesichtern war. Aber jetzt ist es Zeit für Sie!«

Sein Assistent beeilte sich, dem Befehl nachzukommen, aber die beiden Beamten warteten vergeblich auf die zum Abholen des Götzen bestellten Leute, und als sie die Transportgesellschaft anrufen wollten, stellte es sich heraus, daß das Telefon nicht in Ordnung war. Steel schickte seinen Begleiter in die nächste Telefonzelle und ging, während er fort war, vor der offenen Haustür auf dem Gehsteig hin und her. Dabei lag seine Hand an dem in seiner Tasche steckenden Revolver, und er ging jedesmal nur wenige Meter über die durch einen Holzklotz offengehaltene Tür hinaus.

Als er wieder einmal umkehrte, sah er eine wachsgelbe Hand hinter der Tür hervorkommen und nach dem Holzklotz greifen, und sofort riß er den Revolver heraus und rannte die Stufen hinauf. Er sah, wie der Klotz zurückgezogen wurde und die Tür sich zu schließen begann, und warf sich dagegen, als sie nur noch einen Zoll breit offen stand. Da verstärkte jemand den Druck durch sein Gewicht, und die Tür schnappte ein.

Im selben Augenblick kam sein Begleiter zurückgerannt und meldete, daß Shannons Befehl nachmittags von ihm selbst widerrufen worden sei.

»Das dacht' ich mir«, brummte Steel erbittert. »Wir wollen mal sehen, was der Captain dazu sagt.«

Glücklicherweise meldete sich Shannon selbst, als er anrief, und nahm den Bericht schweigend entgegen.

»Nein, ich habe keinen Gegenbefehl erteilt. Wir wollen die Sache bis morgen aufschieben, Steel. Gehen Sie nach hinten und sehen Sie zu, was da vorgeht.«

Er legte auf und rief dann das Elektrizitätswerk an. Als der Beamte, den er sprechen wollte, sich meldete, sagte er: »Hier Captain Shannon, Scotland Yard. Ich möchte, daß morgen ab vier Uhr nachmittags der Strom bei Nummer 551 am Portman Square abgeschaltet wird. Genau um die angegebene Zeit. Können Sie das machen, ohne das Haus zu betreten? – Schön!«

*

Währenddessen hatten die beiden Beamten sich in die hinter dem Malpasschen Hause liegende Gasse begeben, und sie näherten sich bereits dem Hoftor, als ein elegant gekleideter Herr herauskam.

»Slick Smith!« stieß Steel tonlos hervor. »Und er hat gelbe Handschuhe an!«

Doch Slick Smith wirbelte ahnungslos seinen Spazierstock in der Luft herum und schlenderte gelassen davon. Als er Maida Vale erreicht hatte, blieb er dort vor den imposanten, prunkvollen Grevilleschen Gebäuden stehen und ging durch einen der beiden Eingänge zu der Portierloge.

»Ich möchte Herrn Hill sprechen«, erklärte er.

»Herr Hill ist verreist. Kommen Sie wegen einer Wohnung?«

»Ja«, sagte Smith. »Wegen Lady Kilferns Wohnung. Die soll ja wohl möbliert vermietet werden. Hier, bitte!« Er zog einen blauen Zettel hervor, den der Portier aufmerksam prüfte.

»All right, Sir. Da Lady Kilfern die Besichtigung gestattet, werde ich Sie hinauffahren.«

Doch beim Anblick der verhängten Fenster und zugedeckten Möbel schüttelte Smith den Kopf. »Ach, die Wohnung liegt nach vorn heraus? Leider kann ich bei Straßenlärm nicht schlafen.«

»Nach hinten hinaus ist nichts frei, Sir.«

»Wer wohnt denn da?«

Sie waren an die Treppe zurückgekehrt, und Smith deutete auf eine Tür hinter dem Aufzug. Während der Portier erklärte, daß dort ein Rechtsanwalt wohne, schlenderte Slick den Gang entlang und blickte durch ein großes, nach hinten gelegenes Fenster hinaus.

»Die würde mir passen«, sagte er. »Aha, auch eine Feuerleiter. Ich bin sehr nervös in bezug auf Feuer.«

Dabei lehnte er sich hinaus und blickte auf den Hof hinab. Er bemerkte auch, daß die Eingangstür Nr. 9 mit Patentschlössern versehen war und daß ein geschickter Mann von der Rettungsleiter aus das Flurfenster von Nr. 9 erreichen konnte.

»Ich möchte mir so gern eine von diesen nach hinten gelegenen Wohnungen ansehen, aber das geht wohl nicht?« Er sagte es bekümmert.

»Nein, Sir. Ich habe zwar einen Hauptschlüssel, aber den darf ich nur bei Feuer oder Unfällen benutzen.«

»Einen Hauptschlüssel?« Herr Smith machte große Augen. »Was ist denn das?«

Mit sichtlicher Genugtuung griff der Mann in die Tasche.

»Dies ist ein Hauptschlüssel«, sagte er stolz.

Slick nahm ihn in die Hand und betrachtete ihn voller Interesse.

»Wie merkwürdig!« rief er aus. »Er sieht genau wie jeder andere Schlüssel aus. Wie funktioniert er denn?«

»Das kann ich Ihnen nicht erklären, Sir«, bemerkte der Portier ernst. Er steckte den Schlüssel wieder ein, und im selben Augenblick klingelte es am Aufzug.

»Entschuldigen Sie«, begann er, aber Slick hielt ihn am Arm fest.

»Können Sie noch mal zurückkommen?« fragte er eindringlich. »Ich möchte noch mal Ihre Ansicht über diese Wohnung hören.«

»Ich bin gleich wieder hier, Sir!«

Als er zurückkehrte, stand Slick mit nachdenklicher Miene am selben Fleck, wo er ihn verlassen hatte.

»Ja, wie ich Ihnen schon sagte, dieser Hauptschlüssel –« Der Mann unterbrach sich voller Schrecken. »Ich hab' ihn verloren!« rief er aus. »Sahen Sie, daß ich ihn einsteckte?«

»Ich glaube bestimmt. – Aber da liegt er ja!«

Er deutete auf den Teppich.

»Gott sei Dank!« seufzte der Portier erleichtert. »Sie sollten mal oben aufs Dach gehen, Sir. Da hat man 'ne feine Aussicht. Soll ich Sie hinauffahren?«

»Ich gehe lieber«, sagte Slick Smith, und wieder wurde der Portier durch die Fahrstuhlglocke nach unten gerufen.

Als er fort war, eilte Slick auf die jetzt nur angelehnte Tür zu. Ein leiser Stoß genügte, um sie zu öffnen, denn während der kurzen Abwesenheit des Portiers hatte er sie aufgeschlossen. Jetzt schob er den Sicherheitsriegel vor und eilte rasch von einem Zimmer ins andere. Im Schlafzimmer raffte er allerlei Gegenstände zusammen und ließ sie in den geräumigen Taschen seines

Rocks verschwinden. Dann schlüpfte er in die Küche hinein, untersuchte die Vorräte in der Speisekammer, roch an der Butter, prüfte den Inhalt einer Dose mit kondensierter Milch und befühlte das Brot, um festzustellen, wie alt es wäre. Dann schlich er auf den Vorplatz zurück und lauschte. Soeben ertönte das Summen des Fahrstuhls. Slick bückte sich, hob den Deckel des Briefkastens und sah den Fahrstuhl nach oben gleiten. Im Nu war er draußen, hatte die Flurtür geschlossen und stand unten in der Halle, als der Portier mit dem Fahrstuhl wieder herunterkam.

»Ich werde die Wohnung vielleicht doch mieten«, sagte er. »Aber da muß ich mich wohl an jemand anders als an Sie wenden?«

»Jawohl, Sir. – Danke sehr, Sir.« Er steckte das fürstliche Trinkgeld ein, und Slick verließ das Gebäude und winkte einen Wagen heran.

32

Am Nachmittag desselben Tages hielt Martin Elton sich fast eine Stunde lang in seiner Bank auf, nahm den Inhalt seines Bankfaches heraus, zerriß allerlei Papiere und steckte vier einzelne, dichtbeschriebene Briefbogen in seine Brusttasche.

Sobald er nach Hause kam, rief er Stanford an und ersuchte diesen, ihn sofort aufzusuchen, wozu sich Stanford erst nach längeren Ausreden und Einwendungen bereit erklärte.

Er war sehr übler Laune, als er kurz vor fünf in der Curzon Street erschien.

»Was, zum Teufel, fällt dir ein, daß du mich herbeorderst, als ob ich ein Kuli wäre«, begann er wütend.

Martin lag auf der Couch und blickte von seinem Buch auf.

»Mach die Tür zu und schrei nicht so!« sagte er gelassen. »Die Sache ist ernst, sonst hätte ich dich nicht herbestellt.« Er stand auf, nahm sich eine Zigarre und bot Stanford auch eine an. Dann sagte er: »Audrey ist jetzt bei Stormer angestellt, und das Kind ist pfiffig.«

»Was geht mich das an! Wenn du mich nur deshalb –«

»Ich sage dir, daß sie pfiffig ist – und daß sie dir und mir nicht gerade freundlich gesinnt ist nach der Juwelengeschichte, kannst du dir wohl denken. Nun weiß ich zufällig, daß Stormer für fast alle Botschaften hier in London arbeitet –«

Stanford lachte höhnisch. »Meinetwegen kann sie soviel Beweise sammeln, wie sie Lust hat!« versetzte er. »Mir soll's recht sein. Ist das alles?«

»Nicht ganz«, fuhr Martin fort. »Besinnst du dich auf den kleinen Feldzugsplan für die Sache mit der Königin von Schweden, den du damals, wie immer bei solchen Gelegenheiten, schriftlich ausgearbeitet hast?«

»O ja, aber der ist vernichtet.«

»Leider nicht«, fuhr Martin kaltblütig fort. »Es war eine so geniale Arbeit, daß ich sie dummerweise aufbewahrte. Audrey war vorgestern hier. Sie kam, während Dora und ich aus waren, und ging in Doras Zimmer hinauf, um ihr Haar zu richten. Dora bewahrt die Schlüssel zu meinem Bankfach in ihrem Schreibtisch auf.«

Stanford starrte ihn groß an. »Nun – und?«

»Als ich heute in die Bank ging, um Geld aus dem Fach herauszunehmen, waren alle meine Papiere verschwunden.«

Stanford wurde leichenblaß. »Meinst du damit, daß auch mein Plan mit verschwunden ist?«

»Ja, das meine ich. – Bitte!« Er hob die Hand. »Spring nicht gleich zum Fenster raus! Ich gebe zu, daß es eselhaft dumm von mir war, ihn aufzuheben. Ich hätte ihn natürlich sofort vernichten müssen – besonders, weil du darin sogar Namen genannt hattest, wenn ich mich recht erinnere. Für mich ist die Geschichte ebenso fatal wie für dich – vielleicht noch unangenehmer, da sie mit Dora und mir ja noch ein Hühnchen zu rupfen hätte, aber mit dir nicht.«

Stanford ballte die Fäuste. »Du hast mich reingelegt, du Schweinehund! Wie kann man so etwas aufbewahren?«

»Warum brachtest du Namen zu Papier?« entgegnete Martin. »Natürlich mach ich mir Vorwürfe, aber wenn die Sache vor Gericht kommt, so ist deine eigene Schlauheit daran schuld.«

Stanford zuckte die Achseln. Trotz seiner scheinbaren Stärke und seiner Großmäuligkeit war er im Grunde ein Schwächling, wie Martin sehr gut wußte.

»Was soll ich denn jetzt machen?« fragte er verbissen, und nun begannen sie Mittel und Wege zu besprechen.

Torrington hatte Audrey für den Abend entlassen. ›Ich habe noch eine wichtige Besprechung, mein Kind‹, hatte er gesagt. ›Sie können also ins Theater gehen oder sich sonst nach Belieben die Zeit vertreiben.‹

Audrey war sehr froh darüber, denn Dora hatte sie eingeladen, bei ihr zu essen. ›Ich gehe nachher noch aus und esse deshalb früh. Du brauchst dich also nicht schön zu machen‹, hatte sie am Telefon gesagt.

Sie machte ihrer Schwester selbst auf. »Meine Köchin ist eben auf und davon gegangen«, sagte sie und küßte Audrey. »Und mein Hausmädchen wollte so gern ihre kranke Mutter besuchen, daß ich nicht das Herz hatte, es ihr abzuschlagen. Du mußt also Nachsicht üben – Martin ist glücklicherweise in den Club gegangen. Er kommt nachher, um mich abzuholen.«

Der Tisch war sehr hübsch für zwei Personen gedeckt, und auch das Essen ließ nichts zu wünschen übrig, denn bei all ihren Fehlern war Dora eine vortreffliche Hausfrau. Beim zweiten Gang sagte sie fröhlich: »Wir wollen eine kleine Flasche Sekt trinken, um unsere Versöhnung zu feiern.«

Sie stand vom Tisch auf, nahm aus einem silbernen Kühler eine Flasche heraus und entfernte geschickt den Draht über dem Korken.

Audrey lachte. »Ich habe lange keinen Sekt getrunken«, sagte sie.

»Solchen Sekt wie diesen wirst du, glaube ich, noch nie bekommen haben«, plauderte Dora heiter. »Martin ist ein Kenner, sag' ich dir.«

Der Pfropfen knallte, und sie füllte ein Glas, so daß der Schaum überlief. »Auf unser nächstes lustiges Beisammensein!« sagte sie und hob ihr Glas.

Audrey lachte leise und nippte.

»Du mußt aber austrinken!« rief Dora.

Audrey gehorchte, hob mit feierlicher Miene ihr Glas und leerte es.

»Oh!« sagte sie dann und rang nach Atem. »Ich verstehe wohl nicht viel von Sekt. Mir schmeckte er ganz bitter – fast wie Chinin.«

Eine halbe Stunde später kam das Hausmädchen unerwarteterweise zurück.

»Ich dachte, Sie wollten ins Theater?« fragte Dora.

»Ich habe Kopfweh«, sagte das Mädchen. »Es tut mir leid, aber ich konnte die Eintrittskarte, die Sie mir schenkten, wirklich nicht benutzen. Aber wenn ich vielleicht bei Tisch bedienen soll . . .«

»Wir sind schon fertig mit Essen«, entgegnete Dora, »und Fräulein Bedford ist eben fortgegangen.«

Der Mann, mit dem Torrington im ›Ritz-Carlton‹ die Besprechung hatte, wurde sogleich nach oben geführt. Torrington warf ihm einen scharfen, prüfenden Blick zu und deutete stumm auf einen Stuhl.

»Wenn ich nicht irre, haben wir uns schon gesehen, Herr Torrington«, begann Martin.

»Ich weiß genau, daß wir uns nie gesehen haben, obwohl ich Sie vom Hörensagen kenne«, sagte Torrington. »Legen Sie ihren Mantel ab, Herr Elton. Sie baten um eine Unterredung unter vier Augen, und ich habe sie aus verschiedenen Gründen bewilligt. Ich glaube, Sie sind der Schwager meiner Sekretärin . . .«

Martin neigte ernst den Kopf. »Unglücklicherweise, ja«, erwiderte er.

»Unglücklicherweise?« Der alte Herr zog die Augenbrauen hoch. »Ach so, Sie meinen ihre verbrecherische Vergangenheit? Das arme Mädchen war ja wohl in einen Juwelenraub verwickelt.«

»Sie hatte die Diamanten bei sich, als sie verhaftet wurde.«

»So? Das ist ja schlimm! Natürlich wußte ich das alles, als ich die junge Dame anstellte. Sie wollen mich wohl vor ihr warnen?«

»Nein, ich komme aus einem ganz andern Grund her«, sagte

137

Martin, der trotz Torringtons ernster Miene ein Gefühl hatte, als ob der alte Mann mit ihm seinen Spott triebe. »Herr Torrington, verzeihen Sie mir, wenn ich ein sehr peinliches Thema berühre! Sie wurden vor Jahren in Südafrika verurteilt –«

»Jawohl, ich war das Opfer eines der größten Schurken im Diamantengebiet, eines gewissen Lacy Marshalt, der jetzt tot ist.«

»Sie hatten eine junge Frau«, fuhr Martin zögernd fort, »und ein Kind – ein kleines Mädchen namens Dorothy.«

Torrington nickte stumm.

»Ihre Frau war außer sich über die Schande. Sie verließ Südafrika und ließ nicht wieder von sich hören, nicht wahr?«

»Doch, einmal.« Das klang wie ein Peitschenschlag. »Einmal schrieb sie.«

»Sie kam mit dem Baby und einer älteren Tochter nach England, nahm den Namen ›Bedford‹ an und lebte hier von ihrem kleinen Einkommen.«

»Von einer Rente«, berichtigte Torrington. »Ich hatte sie vor meiner Verhaftung in eine Rentenbank eingekauft. Bitte weiter!«

Martin holte tief Atem. »Aus irgendeinem Grund erzog sie Dorothy in dem Glauben, daß sie die Tochter ihres ersten Gatten sei, während sie das andere kleine Mädchen für älter ausgab. Aus welchem Grund –«

»Lassen wir das!« fiel Torrington ihm ins Wort. »Alles dies kann wahr oder auch unwahr sein. Was denn weiter?«

Da wagte Martin den entscheidenden Schritt.

»Sie sind der Meinung, daß Ihre Tochter Dorothy tot ist, Sir. Das ist aber nicht wahr. Sie lebt. Sie ist hier in England – und ist meine Frau.«

Daniel Torrington blickte ihn an. Seine Augen schienen bis auf den Grund der Seele seines Gegenübers zu dringen.

»Ist das die Geschichte, die Sie mir zu erzählen haben?« fragte er. »Daß meine kleine Dorothy noch lebt und Ihre Frau ist?«

»Jawohl, Herr Torrington.«

»Ah!« Der alte Mann rieb sich die Hände. »Wirklich?«

Eine lange, drückende Pause entstand.

»Sind Ihnen die näheren Umstände meiner Verhaftung bekannt? Nicht? Dann werde ich sie Ihnen erzählen.« Er blickte zur Decke empor, feuchtete die Lippen an und schien den Auftritt im Geist nachzuerleben.

»Ich saß auf der Vortreppe meines Hauses in Wynberg und hatte mein Baby auf dem Schoß, als ich Marshalt um das Gebüsch herumkommen sah. Es wunderte mich, daß er zu mir kam – bis ich bemerkte, daß er zwei Detektive hinter sich hatte. Er hatte Angst vor mir, Todesangst! Als ich aufstand und das Kind in die Wiege legte, zog er einen Revolver heraus und schoß. Nachher sagte er, ich hätte zuerst geschossen, aber das war eine Lüge. Ich würde überhaupt nicht geschossen haben, aber die Kugel traf die Wiege, und ich hörte das Kind schreien. Da erst legte ich auf ihn an, und er wäre ein toter Mann gewesen, wenn ich nicht so außer mir über das Kind gewesen wäre. So aber schoß ich vorbei, und sein zweiter Schuß zerschmetterte mir das Bein. Wußten Sie das?«

Martin schüttelte den Kopf.

»Ich dachte mir, daß es Ihnen neu sein würde. Das Kind war verwundet. Die Kugel fuhr durch seine kleine Zehe und zerbrach den Knochen – mich wundert, daß Ihre Frau Ihnen das nie gesagt hat . . .«

Martin schwieg.

»Meine kleine Dorothy ist nicht tot. Ich weiß das schon seit längerer Zeit, und nun habe ich sie mit Hilfe meines Freundes Stormer gefunden.«

»Und sie weiß . . .?« Martin war totenblaß.

»Nein, sie weiß es nicht. Sie soll es erst erfahren, wenn meine Aufgabe erledigt ist.«

Seine kalten Augen wichen nicht von Martins Gesicht.

»Ihre Frau ist meine Tochter, wie? Sagen Sie ihr, sie möchte herkommen und mir ihren linken Fuß zeigen. Sie können Geburtsurkunden fälschen, Elton – ah, der Probeschuß traf, mein Sohn! –, aber kleine Zehen können Sie nicht nachmachen!«

Er klingelte.

»Lassen Sie diesen Herrn hinaus«, sagte er, »und wenn Fräulein Bedford kommt, möchte ich sie sofort sprechen!«

Eine Viertelstunde später standen Dora und Martin einander im Wohnzimmer gegenüber. Als Martin berichtet hatte, sagte sie: »Vielleicht läßt sich die Sachlage noch zu unsern Gunsten verschieben. Er wird zahlen, um sie zurückzubekommen, wenn –«

»Wenn . . .?«

»Wenn sie noch am Leben ist«, sagte Dora leise, »und falls nichts – anderes vorgefallen ist.«

33

Abends um elf erhielt Slick Smith Besuch von einer Dame. Der Hauswirt, der sehr auf den guten Ruf seines Hauses hielt, erklärte unmutig, daß er Damenbesuche zu so später Stunde nicht dulden könne, aber Slick erwiderte: »Es handelt sich um eine sehr wichtige Botschaft von meinem Freund Captain Shannon. Vielleicht würden sie so freundlich sein, mir Ihr Wohnzimmer auf ein halbes Stündchen zur Verfügung zu stellen.« Dazu erklärte sich der Mann bereit.

Nach einer Viertelstunde entfernte sich die Dame, und Slick bedankte sich bei dem Wirt.

»Es handelt sich um eine wichtige Sache, bei der ich Captain Shannon helfen soll«, setzte er hinzu.

Dann ging er in seine Wohnung hinauf, zog einen Flauschmantel an und steckte allerlei rätselhafte Gegenstände zu sich. Als er das Haus verließ, wartete die Dame draußen auf ihn, und sie gingen zusammen bis zum Marble Arch. Slick merkte sehr gut, daß der unvermeidliche Stormersche Mann ihm folgte, kümmerte sich aber nicht darum, sondern verabschiedete sich von der Dame und fuhr in einer Taxe nach dem Greville-Gebäude, wo der Nachtportier ihn dienstbeflissen empfing und im Aufzug nach oben fuhr, da Slick zur Zeit eine elegante Wohnung im zweiten Stockwerk innehatte.

Am selben Abend machte Inspektor Steel seine übliche Runde durch die zahllosen und außerordentlich verschiedenartigen

Nachtclubs Londons. Gegen zwölf kehrte er heim und fühlte schon in der Tasche nach seinem Schlüssel, als ihm ein Mann mit einer Aktentasche entgegenkam. Steel war todmüde, aber als er diese Tasche sah, die so schwer war, daß der Mann sie bald in die eine, bald in die andere Hand nahm, kehrte er um und nahm die Verfolgung auf. Es war eine lange Jagd, denn der Mann schöpfte Verdacht, beschleunigte den Schritt, huschte bald um diese, bald um jene Ecke und begann schließlich zu laufen. Aber auch Steel hatte flinke Beine und ließ nicht von ihm ab, denn sein Polizisteninstinkt sagte ihm, daß es mit jener Tasche etwas auf sich habe. Als der Mann wieder, diesmal in der Harley Street, einen Haken schlug, verließ ihn das Glück. An der Straßenecke stand ein Schutzmann, der Flüchtling stutzte, zauderte eine Sekunde, sah Steel dicht hinter sich, ließ die Tasche fallen und schoß wie der Wind von dannen.

In diesem Augenblick erkannte ihn Steel: es war Slick Smith.

»Folgen Sie dem Mann«, befahl Steel dem Polizisten und wandte seine Aufmerksamkeit der Tasche zu.

Dick Shannon war beim Ausziehen, als sein Untergebener mit leuchtenden Augen hereinstürzte.

»Sehen Sie das?« rief er und öffnete die Tasche mit einem Ruck.

Wie versteinert blickte Dick hinein.

»Die Diamanten!« flüsterte er.

»Slick Smith hatte sie!« rief Steel atemlos. »Ich sah ihn von weitem und folgte ihm, ohne zu wissen, daß er es war. Und dann kniff er aus, und als ich ihn erreichte, ließ er die Tasche fallen.«

»Holen Sie ein Auto!« sagte Dick und begann sich wieder anzuziehen.

In fünf Minuten war Steel wieder da, und diesmal hatte er vorgesorgt. Das Auto wurde von zwei Polizisten auf Motorrädern begleitet, und so langte es sicher in Scotland Yard an, wo sich die großen Stahltüren der Panzerkammer gleich darauf hinter Malpas' Diamanten schlossen.

Dick kehrte mit Steel nach dem Haymarket zurück und fand vor seiner Haustür einen kleinen und sehr schmutzigen Jungen vor. William stand neben ihm und meldete: »Er gibt an, daß er einen Brief für Sie hat, Sir, aber mir wollte er ihn nicht geben.«

»Ich bin Captain Shannon«, sagte Dick, aber der Kleine schien noch immer abgeneigt, sich von seiner Botschaft zu trennen.

»Bringen Sie ihn herein«, befahl Shannon, und der Junge wurde in sein Wohnzimmer geführt. Er war ein ungemein zerlumptes und schmutziges Erzeugnis des Londoner Ostens.

Mit vieler Mühe holte er etwas überaus Unsauberes hervor, das wie ein dreieckig zusammengefalteter Fetzen Zeitungspapier aussah. Dick nahm es und sah, daß es ein Stück von einem Londoner Morgenblatt war. Die Botschaft war mit Bleistift auf den unbedruckten Rand gekritzelt:

Um Gottes willen, retten Sie mich! Ich bin am Foulds Kai. Der Teufel will mich morgen früh umbringen.

Lacy Marshalt

»Lacy Marshalt!« schrie Steel. »Großer Gott! Das ist doch nicht möglich!«

»Wo hast du das her?« fragte Dick rasch.

»Ein Junge gab es mir in der Spa Road. Er sagte, ein Herr hätte den Wisch dicht bei Dockhead durch ein Gitter herausgeschoben, und ich würde ein Pfund kriegen, wenn ich ihn Captain Shannon brächte.«

»Warum kam er denn nicht selbst damit her?«

Der Junge grinste. »Weil er Sie kennt, Sir, sagte er.«

»Weißt du, wo Foulds Kai ist?«

»Ja, das weiß ich. Hab' da oft geangelt.«

»Gut, dann kannst du uns den Weg zeigen. William, holen Sie das Auto heraus. Setzen Sie den Bengel neben sich.«

Sie fuhren am Yard vor, um einige Leute mitzunehmen, und hielten an der London Bridge an, wo sie einen Distriktssergeanten vorfanden, der am Fluß Bescheid wußte. Dann wurde der Junge entlassen. Kurz darauf sahen sie das Wasser der Themse glitzern.

»Hier herum, nach rechts«, sagte der Sergeant. Sie betraten einen Pfahlrost, der hohl und dumpf klang, als Dick darauf entlangging und ins Wasser hinunterblickte.

»Niemand zu sehen. Wir müssen ins Lagergebäude.«

»Hilfe!«

Die Stimme war schwach, aber Dick hörte sie. Er hob die Hand.

Einen Augenblick standen sie alle regungslos lauschend – dann ertönte es wieder: ein leises Wimmern und dann »Hilfe! Um Gottes willen, Hilfe!«

Dick bückte sich zum Wasser hinab. Die Flut stieg, und etwas weiter nach rechts lag ein Boot. Vorsichtig tastete er sich hin und sprang hinein.

»Hilfe!« Diesmal klang die Stimme näher.

»Wo sind Sie?« schrie Dick.

»Hier – hier!«

Es war Marshalts Stimme!

Da keine Ruder vorhanden waren, zog sich Dick, nachdem er das Boot losgemacht hatte, mit den Händen an den Planken entlang, bis er die Stelle erreichte, woher der Ruf gekommen war. Mit seiner Taschenlampe begann er zu leuchten, und in der nächsten Sekunde fiel ihr Schein auf Marshalts Gnsicht. Der Mann stand bis über die Schultern im Wasser, und seine über den Kopf emporgereckten Hände waren an einem Pfahl festgebunden.

»Machen Sie das Licht aus – sonst faßt er Sie!« schrie er.

Dick knipste die Lampe aus, und im selben Augenblick knallten zwei Schüsse. Sein Hut flog davon, und er fühlte einen brennenden Schmerz am linken Ohr. Rasch paddelte er das Boot mit den Händen zurück und rief Steel.

»Holen Sie Ihren Revolver 'raus, und machen Sie Licht«, sagte er, indem er das Boot durch das Labyrinth von faulenden Pfählen hindurchführte. »Schießen Sie, sobald Sie einen Kopf sehen!«

Drei Minuten später war Marshalt aus seiner furchtbaren Lage befreit und sank keuchend auf den Boden des Bootes nieder. Blitzschnell fuhren sie ihn zur nächsten Polizeiwache, wo er nach einem heißen Bad und in geborgten Kleidern etwas mehr zu sich kam, obwohl er immer noch wie Espenlaub zitterte.

Währenddessen hatte Dick mit einigen Leuten das Lagerhaus durchsucht, ohne indessen irgend etwas anderes zu finden als eine

143

von den grünen Patronenschachteln, die er in Marshalts Rumpelkammer gesehen hatte.

Marshalt wußte nicht viel zu erzählen, als Dick erschien.

»Es war dumm von mir, in die Falle zu gehen, als Tonger mir den Brief brachte«, begann er. »Den Brief einer Dame, die schrieb, sie wollte mich treffen. Sie können Tonger fragen.«

»Ich fürchte, daß Tonger uns nichts mehr sagen kann«, warf Dick ein.

»Wie? Er ist doch nicht . . .«

»Eine Stunde, nachdem man Sie überfallen hatte, fand man ihn – erschossen.«

»Großer Gott!« murmelte Marshalt tonlos, und es dauerte eine Weile, bis er seufzend fortfuhr: »Ich weiß selbst nicht, was mich dazu veranlaßte, aber ich zog eine kugelsichere Unterjacke an, ehe ich hinüberging – ein unbequemes Kleidungsstück, das mir aber jetzt tatsächlich das Leben rettete. Nun, ich ging also ohne Mantel nach Nummer 551 hinüber und wurde gleich eingelassen, als ich klopfte. Als eine Stimme von oben mich aufforderte hinaufzukommen, folgte ich der Einladung natürlich und stand plötzlich einem offenbar verkleideten Mann gegenüber, der lachend rief: ›Nun hab' ich dich!‹ Zugleich richtete er einen Revolver auf mich, und der Schuß ist das letzte, was ich hörte, bis ich wieder zu mir kam. Auch was nachher mit mir geschah, weiß ich nicht recht. Ich muß wohl viel geschlafen haben, und ein paarmal kam der alte Mann und stach mir eine Nadel in den Arm . . .« Er lehnte sich matt zurück. »Alles Weitere wissen Sie ja«, sagte er.

Dick nickte. »Nur eins, Marshalt! Gibt es einen Durchgang oder eine Tür, die das Malpassche Haus mit dem Ihrigen verbindet?«

»Meines Wissens nicht«, erwiderte Lacy.

»Und Sie behaupten, Malpas nicht wiedererkannt zu haben? Sie müssen doch irgendeine Vermutung – oder wenigstens eine Ahnung – über seine Persönlichkeit haben?«

Marshalt zögerte einen Augenblick.

»Sie werden es vielleicht phantastisch finden«, sagte er dann. »Es kommt mir vor, als ob – als ob Malpas eine Frau wäre.«

34

Audrey hatte einen fürchterlichen Traum. Ihr war, als ob sie auf der Kante eines hohen, schmalen Turms läge, der immerfort hin und her schwankte, und dabei marterte sie ein entsetzliches Kopfweh, das hinter den Augen begann und von dort aus auf feurigen Bahnen in die Schläfe und den Hinterkopf hineinschoß. Sie empfand ein dunkles, heißes Verlangen nach einer Tasse Tee und streckte die Hand nach der Klingel neben ihrem Bett aus, aber sie griff in die Luft, und nach einiger Zeit wurde ihr klar, daß sie auf einer Matratze am Boden lag, denn ihre tastende Hand berührte den Fußboden. Es war stockdunkel, und sie war sehr, sehr durstig. Die Zunge klebte ihr am Gaumen.

Schließlich erhob sie sich langsam und unsicher, wobei sie sich an die Wand lehnte, um nicht umzufallen. Dann begann sie nach einer Tür zu suchen, fand eine und öffnete sie. Sie hatte eine unklare Empfindung, als ob sie einen langen Gang vor sich habe, an dessen Ende eine Lampe brannte. Sie ging darauf zu und fand in einem kleinen Raum ein Waschbecken, dem sie sich erfreut zuwandte. Als sie den Hahn aufdrehte, kam zuerst braunes, schmutziges Wasser zum Vorschein, aber allmählich wurde es klar. Sie wusch sich das Gesicht und trank nachher, wobei sie die Hände als Becher benutzte. Dann ließ sie sich auf der Fensterbank nieder und versuchte nachzudenken.

Mühsam drang sie Schritt für Schritt in ihr gelähmtes Gedächtnis ein, und plötzlich erinnerte sie sich des Eßzimmers bei den Eltons und des perlenden Sekts, der so abscheulich geschmeckt hatte – Dora!

Sie stand immer noch unter dem Einfluß des Betäubungsmittels, aber mit der Zeit wurde es ihr doch klar, warum es so dunkel war. Sämtliche Fenster waren durch schwere Läden verschlossen. Vergeblich versuchte sie die eisernen Riegel zu bewegen. Die Anstrengung erschöpfte nur ihre schwachen Kräfte, und sie sank ohnmächtig zu Boden.

Als sie wieder zu sich kam, war sie kalt und steif, aber der Kopfschmerz hatte sehr nachgelassen, und nachdem sie wieder etwas Wasser getrunken hatte, kehrte sie in das Zimmer zurück, in dem sie erwacht war. Nach einigem Suchen gelang es ihr, einen Schalter zu finden und Licht zu machen, und nun sah sie, daß die ganze Einrichtung der Stube aus einer Matratze und einem zerbrochenen Stuhl bestand. Unter Aufwendung ihrer ganzen Kraft brach sie eines der Stuhlbeine ab, um es im Notfall als Waffe zu benutzen. Dann fiel sie erschöpft auf die Matratze nieder und versank sofort in tiefen Schlaf.

Als sie erwachte und sich aufrichtete, hörte sie sprechen. Lautlos schlich sie bis zu der verschlossenen Tür den Gang hinab und lauschte. Die Stimme kam von unten; als sie sie erkannte, wäre sie beinahe in Ohnmacht gefallen.

Es war Lacy Marshalt! Zitternd kauerte sie sich nieder und spähte durchs Schlüsselloch. Draußen war es hell, und sie gewahrte eine Männergestalt. »Hier irgendwo muß es sein!« sagte Marshalts Stimme wieder. Der Mann da draußen schien ebenso angestrengt zu horchen wie sie. Jetzt drehte er sich um. Sie sah die große Nase, das lange Kinn – Malpas!

Mit wankenden Knien flüchtete sie sich in ihr Zimmer zurück. Ein furchtbares Grausen hielt sie gepackt und raubte ihr fast den Verstand. Und dann klopfte es leise an die Flurtür.

Mit angehaltenem Atem starrte sie auf die Tür. Noch zweimal klopfte es, und dann wurde es wieder totenstill. Audrey wagte sich nicht zu regen. Endlich knirschte ein Schlüssel, sie hörte ein leises Rascheln, und die Tür bewegte sich. Mit angstvoll hämmerndem Herzen wagte sie sich auf den Flur zurück, und fast wäre sie vor Freude in Tränen ausgebrochen! Auf dem Fußboden stand ein Tablett mit heißem Kaffee, Brötchen, Butter und kaltem Fleisch. Nachdem sie gierig gegessen und getrunken hatte, klärten sich ihre Gedanken, und sie begann zu grübeln. Was konnte Dora veranlaßt haben, sie hier im Malpasschen Hause einzusperren? Sie machte alle Lampen an, die sie finden konnte, und drehte den Wasserhahn wieder auf. Die Helligkeit und das plätschernde Wasser übten eine beruhigende Wirkung auf sie aus. Dann und wann wagte sie den Weg bis zur Flurtür, aber draußen herrschte tiefe Stille.

Erst als sie zum siebentenmale ging, hörte sie jemand die Treppe heraufkommen. Rasch kniete sie nieder und lugte durchs

Schlüsselloch. Etwas Dunkles glitt an der Tür vorüber und machte auf dem breiten Treppenabsatz halt. Jetzt sah sie es deutlich: Es war ein Mann; er trug einen langen Mantel und einen Schlapphut. Nun streckte er die Hand aus, und ein Teil der Wand öffnete sich – eine etwa fünfzig Zentimeter breite Tür, die so gut versteckt war, daß selbst Shannons geübtes Auge sie nicht entdeckt hatte. Audrey sah, wie die Hand hineingriff. Eine blaue Flamme zuckte auf, und das Licht im Flur erlosch. Dann kam er auf die Tür zu, sie sah das Ende des Schlüssels in das Loch gleiten, wandte sich laut schreiend um, rannte in ihr Zimmer zurück, schlug die Tür fest zu und lehnte sich mit dem Rücken dagegen. Die Flurtür öffnete sich.

35

Um vier Uhr morgens kehrte Dick heim, nachdem er Marshalt in sein Haus begleitet und sich an Stanfords Verlegenheit über diese Auferstehung geweidet hatte. Er fand zwei Männer in seinem Wohnzimmer vor: den übermüdeten, aber hartnäckigen William und –

»Herr Torrington! Sie hier?«

Der Mann war vollständig verwandelt. Von seinem sonstigen, oberflächlich spöttelnden Ton war keine Spur mehr vorhanden.

»Ich warte hier sehnsüchtig auf Sie! Meine Tochter ist verschwunden!«

»Ihre . . .?«

»Meine Tochter. Audrey. Ach, Sie wissen wohl nicht, daß sie meine Tochter aus zweiter Ehe ist?«

Dick stierte ihn entgeistert an. »Audrey – verschwunden?«

»Sie ging gestern abend aus und kam nicht wieder. Ich ließ sie ausgehen, weil ich eine Zusammenkunft mit Elton verabredet hatte.« Er berichtete in kurzen Worten über diese Besprechung. »Natürlich waren mir alle Tatsachen bekannt, und er war noch nicht zu Ende, als ich seine Absicht auch schon durchschaut hatte. Ich erteilte Anordnung, daß man Audrey gleich nach ihrer Rückkehr zu mir bringen sollte. Um elf war sie noch nicht zurück, und als ich um Mitternacht nach ihr fragen ließ, war sie auch noch nicht da. Da ich weiß, daß junge Mädchen heutzutage bis in die Nacht hinein unterwegs sind, machte ich mir keine Sorgen, bis es eins und schließlich zwei wurde. Dann rief ich Scotland Yard an, und als sie dort nichts von Ihnen wußten, konnte ich es nicht länger aushalten und kam hierher.«

»Wo wollte sie hin?« fragte Dick.

»Ich weiß es nicht, und im Hotel hat sie nichts davon erwähnt.«

»Wir müssen in ihrem Zimmer nachsehen«, sagte Dick und fuhr mit Torrington ins ›Ritz-Carlton‹ zurück.

In Audreys Papierkorb fand er einen zerrissenen Brief, den er zusammenfügte und las.

»Ich muß zu den Eltons«, sagte er kurz. »Sie brauchen nicht mitzukommen.«

Es dauerte ziemlich lange, bis Martin selbst herunterkam. Er trug einen Schlafrock, aber Spuren von Zigarrenasche auf seinem Knopf verrieten, daß er nicht aus dem Bett aufgestanden war.

»Ist Ihre Frau da? Ich muß Sie beide sprechen«, sagte Dick gebieterisch.

Es dauerte einige Minuten, bis Dora erschien.

»Sie wünschen mich zu sprechen, Captain Shannon?«

»Ich will wissen, wo Audrey Torrington ist.«

»Ich weiß es nicht –«, begann sie.

»Hören Sie mich an, Frau Elton. Ihre Schwester kam auf Ihre Einladung hin zu Ihnen. Sie ist hier gegen sechs Uhr eingetroffen –« Er unterbrach sich. »Rufen Sie Ihr Mädchen!«

Dora machte allerlei Einwendungen, aber Dick war unerbittlich, so daß Martin sich schließlich bequemte, hinaufzugehen und sie zu rufen. Zu seiner Verwunderung kam das Mädchen sofort völlig angekleidet und in Hut und Mantel aus ihrem Zimmer.

»Nanu!« rief Martin verwundert, faßte sich aber sofort und sagte: »Captain Shannon wünscht Sie zu sprechen. Er fragt nach Frau Eltons Schwester. Sie hat hier ja gestern gegessen. Sagen Sie ihm doch, daß Sie die ganze Zeit im Haus gewesen wären und gesehen hätten, wie sie fortging.«

148

Das Mädchen folgte ihm schweigend, und als sie unten erschien, rief Dora ärgerlich: »Weshalb sind Sie denn so angezogen?«

Aber Shannon fiel ihr ins Wort: »Bitte beantworten Sie erst meine Fragen«, sagte er. »Fräulein Audrey Torrington, die Sie als Fräulein Bedford kennen, war gestern hier zu Tisch, nicht wahr?«

»Ich glaube, ja. Ich war nicht zu Haus, als sie kam, und habe sie auch nicht fortgehen sehen. Frau Elton schenkte mir ein Theaterbillett und entließ die Köchin, so daß nur drei Menschen im Haus waren: Herr und Frau Elton und Fräulein Bedford.«

»Ich war nicht hier!« warf Martin ein. »Ich war im Club.«

»Sie waren oben – hier im Haus«, entgegnete das Mädchen gelassen. »Ich habe Fräulein Bedford nicht fortgehen sehen, weil ich am andern Ende der Straße mit einem von unsern Leuten sprach. Ich sah einen Wagen wegfahren, und als ich dann nach Hause kam, war Fräulein Bedford wohl wirklich fort.«

»Einen von Ihren Leuten? Was soll das heißen?« fragte Dick.

Sie zog einen kleinen silbernen Stern aus der Tasche. »Ich bin bei Stormer angestellt«, sagte sie, »ebenso wie Frau Eltons voriges Mädchen. Ich erwartete Sie schon, Sir, aber ich kann Ihnen nur eines sagen: Hier im Hause ist Fräulein Bedford nicht. Ich habe es bis auf den letzten Winkel durchsucht. Als ich den Ecktisch abräumte, hab' ich den Weinrest aus Fräulein Bedfords Glas in dieses Fläschchen getan.« Sie überreichte Dick eine kleine Medizinflasche. »Und dies fand ich nachher in Frau Eltons Schmuckkasten.«

Dora griff blitzschnell nach der kleinen blauen Ampulle, aber das Mädchen war auf der Hut und legte sie in Dicks Hand.

»Sie hören, was diese Dame aussagt, Elton. Wo ist Audrey?« Shannons Gesicht war starr und eisenhart. Seine Augen glitzerten gefährlich.

»Wenn Sie das wissen wollen, werden Sie dafür bezahlen müssen«, erwiderte Martin. »Nein, Geld nicht! Ich verlange vierundzwanzig Stunden für Dora und mich, um aus England hinauszugelangen. Wenn Sie mir das gewähren, werde ich Ihnen sagen, wo sie ist. Und ich rate Ihnen, auf die Bedingungen ein-

149

zugehen, Shannon! Sie ist in größerer Gefahr, als Sie ahnen. Wollen Sie mir Ihr Versprechen geben?«

»Ich verspreche nichts«, sagte Shannon. »Sie entkommen lassen? Nein! Nicht einmal, wenn Audreys Leben auf dem Spiel stände. Wo ist sie?«

»Finden Sie das doch selbst heraus!« höhnte Dora.

Dick sagte kein Wort. Er zog ein paar Handschellen aus der Hüfttasche und schnappte sie um Martins Handgelenke zu. Martin leistete keinen Widerstand, aber sein Gesicht wurde grau und alt.

Im nächsten Augenblick war auch seine Frau durch greifbarere Bande als die zwischen diesem Paar bestehenden gefesselt.

Als Dick sie zur Polizeiwache gebracht hatte, stellte er noch eine Frage an die Stormersche Agentin: »Haben die Eltons kürzlich Besuch gehabt?«

»Ja, Stanford war bei ihnen, und sie zankten sich.«

»Glauben Sie, daß Stanford auch hinter dieser Sache steckt?«

»Ich weiß nicht recht. Gute Freunde scheinen sie nicht zu sein.«

»Hm! Als ich ihn diese Nacht sah, schien er mir jedenfalls nichts auf dem Gewissen zu haben«, bemerkte Dick und reichte ihr zum Abschied die Hand.

Dann fuhr er aber doch zum Portman Square, wo er lange klopfen und schellen mußte, bis schließlich Stanford in Person erschien und ihm aufmachte. Beim Anblick des Detektivs schien er unangenehm berührt zu sein, und Dick hätte darauf geschworen, daß er zitterte.

»Wo ist Fräulein Bedford?« fragte er laut und schroff. »Überlegen Sie Ihre Antwort, Stanford! Die Eltons sitzen bereits im Loch, und für Sie ist auch noch Platz in der Zelle.«

Der Mann starrte ihn wie betäubt an und suchte nach Worten. »Was ist denn mit Audrey Bedford?« stammelte er schließlich. »Und wie soll ich das wissen? Ich bin den ganzen Abend hier gewesen. Sie haben mich ja selbst gesehen. Und mit Elton hab' ich mich überworfen . . .«

»Wer ist da?« ertönte eine Stimme von oben, und Marshalt kam im Schlafrock die Treppe herunter.

»Audrey Bedford ist verschwunden«, sagte Dick. »Sie scheint

betäubt und verschleppt worden zu sein. Ich habe Grund anzunehmen, daß Stanford von der Sache weiß.«

Die drei Männer gingen zusammen nach oben. Stanford leugnete energisch.

»Ich kann Sie – auch abgesehen von dieser Sache – festnehmen!« drohte Dick. »Sie haben den ledernen Beutel gekauft, worin die aus dem Götzen verschwundenen Diamanten lagen. Der Kaufmann Waller in der Regent Street hat es ausgesagt. Nun, wollen Sie jetzt sprechen?«

Marshalt machte ein erstauntes Gesicht. »Antworten Sie, Stanford!«

»Ich hab' nichts zu sagen. Die Sache mit dem Beutel ist Blech!«

»Kennen Sie Slick Smith?«

»Gesehen hab' ich ihn mal.«

»Nun, wenn ich Sie haben will, werde ich Sie schon finden, und wenn es sich herausstellt, daß Sie an dieser Entführung beteiligt sind, werden Sie's bitter bereuen, das sag' ich Ihnen!«

Trotz der kurzen Entfernung schlief Dick zwischen dem Portman Square und dem ›Ritz-Carlton‹ fest ein und mußte von dem Chauffeur geweckt werden.

»Sie sind ja ganz fertig!« bemerkte Torrington, als er ihn sah.

Gegen fünf Uhr kehrte Dick völlig erschöpft heim, schlief ein paar Stunden wie ein Toter und begab sich um neun wieder zum Portman Square.

Sein Wagen war kaum um die Ecke gebogen, als aus einem gegenüberliegenden Portal Slick Smith herauskam. Er mußte sehr vorsichtig sein, denn er wußte, daß sämtliche Polizisten in London nach ihm Ausschau hielten, aber er hatte Glück, denn soeben kam ein Taxi vorüber, und im nächsten Augenblick befand er sich auf Dicks Fährte. Sobald er sich überzeugt hatte, daß jener einen Besuch im Marshaltschen Haus abstatten wollte, stieg er aus. Zwei Minuten später schlüpfte ein untersetzter Mann in das Hoftor des Malpasschen Hauses hinein, ohne daß ihm irgend jemand Beachtung schenkte.

Unterdessen ersuchte der Detektiv Herrn Marshalt, mit ihm

ins Malpassche Haus hinüberzugehen und ihm an Ort und Stelle zu schildern, was ihm dort zugestoßen war. Dick hatte einen Schlüssel, und als sie eingetreten waren, schob er einen in der Halle liegenden Holzklotz mit dem Fuß zwischen Tür und Schwelle. Oben angekommen bat er Marshalt, sich dort hinzustellen, wo ihn der Schuß traf.

Lacy ging auf die verhängte Nische zu. »Hier stand Malpas, und ich dort, wo Sie jetzt stehen«, sagte er.

Im selben Augenblick fiel die Tür krachend ins Schloß.

»Was ist das?« rief Lacy aus.

Dick versuchte die Tür zu öffnen, aber es gelang nicht. »Wo ist Stanford?« fragte er.

»Irgendwo in meinem Haus«, sagte Lacy. »Wer hat das getan?«

»Das werde ich heute feststellen«, entgegnete Dick, »und Sie werden mir dabei helfen. Ah, da geht die Tür schon wieder auf!«

Sie gingen ins Treppenhaus hinaus und blickten übers Geländer hinab, aber es war nichts zu sehen. Als sie ins Zimmer zurückkehrten, zog Dick den Alkovenvorhang beiseite. Er fuhr mit einem Schrei zurück. Dort lag mit schlaff herabhängendem Kopf – Bill Stanford!

Dick beugte sich über ihn.

»Er ist nicht tot, aber er wird es bald sein, wenn wir nicht Hilfe bekommen«, sagte er hastig, und Marshalt eilte in sein Haus zurück, um die Unfallstation anzurufen.

Währenddessen untersuchte Dick den Unglücklichen und entdeckte drei Schußwunden: eine an der Schulter, eine dicht unter dem Herzen und die dritte am Hals. Stanford war blutüberströmt, und Dick bemühte sich, das Blut zu stillen.

Gleich darauf ertönte die grelle Sirene des Krankenwagens.

»Wie ist das nur zugegangen?« sagte Marshalt finster. »Ich verließ ihn in einer Vorratskammer, in der ich allerlei Sachen aufhebe. Wir hatten einen Wortwechsel, weil ich glaube, daß er etwas über Audrey Bedfords Verschwinden weiß, und er sagte, er würde das Haus verlassen. Sicherlich ist er dort überfallen worden, nachdem wir fortgingen.«

»Haben Sie bemerkt, daß er keinen Kragen und Schlips um-
hatte?« fragte Dick nachdenklich.

»Ja, es fiel mir auf. Vorhin hatte er beides um.«

»Zeigen Sie mir, wo er war«, sagte Dick und kehrte mit Lacy
in dessen Haus zurück.

Das erste, was sie im Vorratsraum gewahrten, waren Stanfords Schlips und Kragen, die an einem Haken aufgehängt waren. Sonst fiel ihnen nichts auf, und die Mädchen wußten nichts
weiter auszusagen, als daß sie Stanford kurz vor Dicks Ankunft
in der Vorratskammer gesehen hatten. Auch eine Untersuchung
von Stanfords bescheidenem Gepäck lieferte kein Ergebnis.

36

Nachdem der bitter enttäuschte Shannon fortgegangen war, saß
Marshalt lange Zeit mit aufgestütztem Kopf an seinem Schreibtisch. Schließlich klingelte er und erklärte den beiden noch im
Haus befindlichen Mädchen, daß er seinen Haushalt auflösen
müsse, weil er England zu verlassen gedenke. Er zahlte ihnen
ihren Lohn aus und sah von der Treppe aus zu, als sie das Haus
mit ihrem Gepäck verließen. Nachdem er die Haustür hinter
ihnen verschlossen und sorgsam verriegelt hatte, kehrte er ins Arbeitszimmer zurück und versank in Gedanken, aus denen ihn
nach etwa einer halben Stunde heftiges Klingeln und Klopfen
an der Haustür emporschreckte. Vorsichtig spähte er durchs Fenster hinab. Unten auf den Stufen standen Elton, Dora und Torrington – ja, er erkannte Torrington sofort, obwohl lange
Jahre vergangen waren, seit er ihn zum letztenmal gesehen
hatte. Hinter den dreien sah er einen Polizeiinspektor mit vier
Beamten in Zivil.

Marshalt holte einen Pfriem und einen flachen Griff aus der
Tasche und befestigte sie aneinander. Dann ging er auf den Kamin zu und steckte den Pfriem tief in das hölzerne Schnitzwerk
des Gesimses hinein. Sein Handgelenk bewegte sich, und der
ganze Kamin drehte sich lautlos um eine verborgene Achse. Zu

seiner Rechten befand sich das große Götzenbild, zu seiner Linken der umgedrehte Kamin. Nun öffnete er eine Schublade in seinem Schreibtisch, holte unter einem falschen Boden eine Schachtel hervor und machte sich ein Weilchen damit zu schaffen. Eine Perücke, eine Nase, ein langes, spitzes Kinn – alles wurde mit wenigen Griffen befestigt.

Dann trat er in den halbkreisförmigen Kaminvorsatz hinein und drehte den Pfriem wieder, diesmal nach der andern Seite. Als Wand und Kamin herumschwangen, stemmte er den Fuß fest auf, um einen heftigen Stoß zu verhüten. Der ungeschickte Tonger hatte das einmal versäumt, und da war eine glühende Kohle in Malpas' Zimmer hineingeflogen. Wieder trat der Pfriem in Tätigkeit, der Kamin schwang zurück; er nahm das Instrument wieder auseinander und steckte die beiden Teile in seine Tasche. Dann begann er langsam die Treppe hinaufzugehen.

Audrey war da. Nur mit Widerstreben hatte Stanford es eingestanden. Und nun würde dies Trauerspiel, das ihm sein Vermögen und ums Haar auch das Leben gekostet hatte, bei Audrey enden – bei der es begonnen hatte. Seine Lippen verzogen sich langsam zu einem Lächeln, das auf seinem Gesicht zu gefrieren schien. Alle seine Pläne, seine listigen Ränke . . .·

Und dann kam ihm eine Gedanke und verjagte das Lächeln. Wie kam es, daß die Tür sich geschlossen und geöffnet hatte, als er mit Shannon zusammen da war? Er zuckte die Achseln. Feuchtigkeit und tausenderlei Dinge konnten auf die elektrische Anlage einwirken.

Jetzt stand er vor der Tür und lauschte. Er hörte leichte Schritte im Gang und lächelte wieder. Er öffnete das kleine Schränkchen an der Treppe, legte einen Hebel um und wußte, daß es nun drinnen dunkel war.

Als er den Schlüssel umdrehte, hörte er sie den Flur entlangrennen und die Tür zuschlagen. Und nun war er drinnen – allein mit Audrey Bedford.

Langsam tastete er sich mit ausgestrecktem Arm vorwärts, bis er an der Tür stand. Sie war da – er fühlte es!

»Komm her, mein Schatz! Diesmal wirst du mir nicht wieder entwischen.«

Er hörte etwas huschen und versperrte die Tür mit beiden Armen.

»Dein Liebhaber ist unten, mein Kind – der dumme Shannon mit seinen Kumpanen. Und dein Vater! Du wußtest wohl gar nicht, daß du einen Vater hast, aber er ist da. Er wird dich zu sehen bekommen – nachher!«

Plötzlich sprang er zu und packte einen Arm. Es war nicht der Arm, den er erwartet hatte. Und jetzt zuckte vor seiner Brust ein seltsamer, schauerlicher grüner Lichtschein auf. Er gewahrte sein eigenes Gesicht – Nase, Kinn, Kopf!

Ein anderer – grauenhafter, ungeheuerlicher Malpas hielt ihn an den Armen.

»Mein Gott! Was ist das?« schrie er entsetzt und versuchte sich loszumachen.

»Komm mit!« sagte eine hohle Stimme.

Laut aufheulend schlug Lacy zu und ergriff die Flucht. Im selben Augenblick flammte das Licht auf, und als er sich umsah, erblickte er sein eigenes Bild – oder eine Kopie! Malpas! Aber er selbst war ja Malpas!

»Zur Hölle mit dir!« keuchte er und zog die Pistole.

Der Browning krachte einmal – zweimal.

»Spar dir die Mühe, mein Freund!« sagte sein Doppelgänger. »Deine Patronen sind Platzpatronen – ich habe sie ausgewechselt.«

Wütend schleuderte Lacy ihm seine Waffe ins Gesicht. Der Mann duckte sich, und in der nächsten Sekunde sprang er Marshalt an die Gurgel.

Und irgendwo im dunkeln Hintergrund stand Audrey und krampfte voller Todesangst die Hände ineinander. Aber langsam regte sich in ihr neue Hoffnung.

37

Unterdessen hatte sich auch Dick vor Marshalts Haus eingefunden, und da alles Klopfen kein Gehör fand, hatte man sich eine kurze Brechstange verschafft, mit deren Hilfe das Schloß schon nachzugeben begann.

»Sie ist hier – ganz sicher?«

Martin nickte. »Stanford nahm sie gestern abend mit und sagte, er wolle sie in Malpas' Haus schaffen.«

Die Tür von Nr. 551 hatte Dick schon zu öffnen versucht, aber sie war elektrisch gesperrt.

Sobald das Schloß nachgab, stürmte Dick voran und geradewegs in das Schlafzimmer hinauf. Er wußte jetzt, daß der Weg nirgends anders als durch den Kamin gehen mußte. Das Loch war denn auch bald gefunden, und sobald Tongers selbstgefertigter Pfriem sich darin drehte, schwang der Kamin herum und gab den Blick in Malpas' Zimmer frei.

»Rühren Sie den Griff nicht an!« rief er warnend, stellte rasch die elektrischen Sperrhebel ab und rannte gerade durch die offene Tür, als er zwei Schüsse hörte. Totenbleich prallte er zurück, aber nur, um noch schneller vorwärtszustürmen.

Als er die Tür erreichte, kamen zwei Männer heraus – zwei Männer, die einander so vollkommen glichen, daß seine Augen bestürzt zwischen ihnen hin und her fuhren.

»Hier ist der Schurke«, sagte der kleinere von ihnen und stieß seinen mit Handschellen gefesselten Gefangenen in die Hände der wartenden Polizisten.

Dann riß er sich mit einem Ruck Nase, Kinn und Perücke ab.

»Ich glaube, Sie kennen mich?«

»Jawohl, sehr gut«, sagte Dick. »Sie sind Slick Stormer – oder wenn Sie's lieber wollen: Slick Smith.«

»Wann erkannten Sie mich?«

Dick lächelte. »Das müßte ein so kluger Detektiv wie Sie doch wissen«, sagte er.

Dann erblickte er jemand im Flur – eine Gestalt, die sich ängstlich fernhielt. Im Nu war er den Gang hinabgerast und hielt sie in den Armen.

156

Slick warf einen Blick hin und schloß die Tür.

»Ich kann mir denken, daß Sie Ihre Tochter gern sehen möchten, und sie wird sich auch freuen, Sie zu begrüßen, aber diesen Mann kennt sie besser als Sie, glaube ich«, sagte er, und Torrington nickte stumm.

»Wie Sie mich hier eigentlich einschätzten, war mir nie ganz klar«, sagte Slick Smith, als er abends als liebenswürdiger Wirt an einer festlich geschmückten Tafel präsidierte. »Ich übernahm diese Sache vor nunmehr neunzehn Monaten, als Herr Torrington mich ins Vertrauen zog und mich ersuchte, seine Frau aufzuspüren und Erkundigungen über den angeblichen Tod seiner Tochter einzuziehen. Was er mir bei der Gelegenheit von Lacy Marshalt erzählte, interessierte mich nicht nur als Detektiv, sondern auch als Mensch. Da ich weiß, daß Privatdetektive hierzulande nicht sehr angesehen sind, teilte ich Captain Shannon in meiner Eigenschaft als Herr Stormer mit, daß ein notorischer amerikanischer Dieb in England eintreffen werde, und fügte ein Signalement bei, was zur Folge hatte, daß ›Slick Smith‹ gleich bei seiner Ankunft verwarnt und von dem Augenblick an im Auge behalten wurde. Nun habe ich es mir zur Regel gemacht, daß nur drei oder vier von meinen Angestellten mich persönlich kennen, was für mich den Vorteil mit sich bringt, daß diese drei oder vier mich identifizieren können, es aber nicht tun. Ferner konnte ich immer einen von ihnen in meiner Nähe haben, ohne irgendwelchen Argwohn bei meinen Bekannten unter den Verbrechern zu erregen. Sie werden sich erinnern, daß ich beständig einen Stormerschen Angestellten auf den Hacken hatte.

Ich war auch beauftragt worden, einem großen Diamantenvorrat nachzuspüren, der aus Torringtons Minen entwendet und nach Ansicht der dortigen Polizei nach England gebracht worden war. In Afrika ist es bekanntlich strafbar, im Besitz ungeschliffener Diamanten zu sein, wenn man deren Herkunft nicht nachweisen kann. Einen solchen strafbaren Handel betrieb Lacy Marshalt aber seit Jahren, und er hatte einen hervorragenden Kurierdienst eingerichtet, um die Steine herüberzuschaffen. Er hatte unter verschiedenen Namen zwei Häuser am Portman

Square erstanden und Nummer 551 durch eine italienische Firma mit ungemein raffinierten elektrischen Einrichtungen versehen lassen. Lacy ist selbst ein geschickter Mechaniker, und der Kamin und das Götzenbild waren für ihn eine Arbeit, die ihm Freude machte. Den Götzen kaufte er in Durban. Ich hatte ihm vor Jahren nachgespürt und wußte genau über seine Beschaffenheit Bescheid, aber die Drehzapfenöffnung war Marshalts eigene Erfindung.

Durch den armen Tonger wurde die Geschichte zu einer Tragödie. Marshalt hatte ein Verhältnis mit seiner Tochter, und als Tonger dahinterkam, bewog Marshalt das Mädchen, die Schuld auf Torrington zu schieben, und schaffte sie rasch nach New York hinüber. Unter der Bedingung, daß sie das Geheimnis bewahrte und regelmäßig zufriedene Briefe an ihren Vater schrieb, zahlte er ihr monatlich eine angemessene Summe für ihren Unterhalt. Aber das Mädchen geriet in schlechte Hände, fing an zu trinken und kam in einem Anfall von Verzweiflung nach London herüber. Sie war es, die sich damals in betrunkenem Zustand zu ihrem Vater flüchtete, als Sie vorüberkamen, Fräulein Audrey, und die Sie dann tot im Green Park fanden. Obwohl Tonger es verheimlicht hatte, entdeckte Marshalt doch, daß sie sich heimlich im Hause aufhielt, und in seiner Angst, daß die Wahrheit ans Licht kommen würde, beschloß er, die Unglückliche beiseite zu schaffen. Zu diesem Zweck schickte er Tonger unter einem leeren Vorwand nach Paris, gab dem Mädchen eine Flasche mit vergiftetem Kognak und sagte ihr, sie möchte in den Park gehen und dort auf ihn warten. Der Plan war geschickt erdacht, aber nun wollte das Unglück, daß Tonger noch am selben Abend erfuhr, daß seine Tochter tot war – und zwar gerade in dem Augenblick, als Marshalt im Nebenhaus auf Fräulein Audrey wartete. Da geriet Tonger außer sich, stürzte durch den Kamin in Malpas' Zimmer und forderte Rechenschaft von Marshalt, indem er ihn mit der Pistole bedrohte. Er gab zwei Schüsse ab und hielt ihn für tot, denn von der kugelsicheren Jacke wußte er nichts. Aber als Tonger dann nach Nummer 552 zurückkehrte, kam Marshalt wieder zu sich, folgte ihm und schoß ihn nieder, worauf er die Flucht ergriff.

Vorsichtshalber hatte er für ein Versteck gesorgt. Unter dem Namen eines Rechtsanwalts Crewe hatte er eine prächtige Wohnung in den Greville-Gebäuden gemietet, was mir längst bekannt war, da ich nebenan wohnte. Dorthin ging er an jenem Abend, stärkte sich ein wenig und kehrte dann zurück, um die Diamanten zu holen. Das weiß ich, weil ich ihn gesehen habe.«

»War es etwa Ihr Gesicht, das ich in jener Nacht durchs Oberlicht des Fensters sah?« fragte Dick lebhaft.

»Freilich!« lachte Stormer. »Der Mann auf dem Dach hatte mich natürlich auch gesehen, wenn er es auch nicht sagen durfte. Klettern ist immer meine Spezialität gewesen, obwohl Martin Elton mir noch überlegen ist, denn der kam ohne Strick hinauf.

Nun, Marshalt war natürlich verzweifelt, als sein Diamantenversteck entdeckt wurde, und mit Hilfe von Stanford, den er zu dem Zweck in das Geheimnis einweihen mußte, leerte er das Götzenbild gewissermaßen vor Ihren Augen. Aber Stanford war ungeschickt, und als die Steine in den Beutel gepackt waren, probierte er an dem Mechanismus herum, was zur Folge hatte, daß der Götze ins Zimmer zurückgedreht wurde. Dabei hat er das Licht abgestellt und muß den Beutel wohl in seiner Angst aus der Hand gelegt haben, denn als der Götze sich wieder umdrehte, schob er den Beutel mit sich.«

»Woran verbrannte ich mir denn die Hand?« fragte Steel.

»Am Kamin. Sie berührten die heißen Eisenstangen des Rostes, aus dem die Kohlen eben erst herausgenommen worden waren. Stanford begab sich dann in Shannons Wohnung und raubte die Steine, während Marshalt den kleinen Autozwischenfall in Szene setzte. Aber den Beutel hat Stanford zurückerobert, der noch im Haus war, als Shannon heimkehrte und seinen Diener besinnungslos vorfand. Nun brachte Marshalt die Steine in seine Wohnung in den Greville-Gebäuden. Ich fand sie, als ich dort einbrach, um nach Fräulein Torrington zu suchen. Natürlich nahm ich den Beutel mit und gab ihn erst heraus, als ich ihn in die rechten Hände legen konnte, ohne selbst verhaftet zu werden. Leider faßte Marshalt aber einen Verdacht gegen Stanford und hat ihn niedergeschossen, als Sie heute morgen hinkamen. Was zwischen ihm und Stanford vorgegangen war, weiß ich nicht. Vermutlich erfuhr Marshalt erst dabei, daß die junge Dame im Haus versteckt gehalten wurde, und wollte sich, da das Spiel doch für ihn verloren war, zum Schluß noch an der Tochter des Mannes rächen, den er mehr als alles auf Erden haßte und fürchtete. Zu seinem Unglück schlich ich jedoch häufig im Haus herum, früher, um die Leute zu beobachten, die ihm Diamanten brachten, und jetzt, weil ich das Geheimnis jener Tür lösen wollte. Wenn ich bei ihm einbrach, verkleidete ich mich immer als Malpas.«

Er lächelte, und auch Audrey war jetzt imstande, zu lächeln. »Ich schrie fürchterlich, nicht wahr?« sagte sie beschämt.

»Ich schreie zuweilen auch«, erwiderte Smith, »oder habe doch Lust dazu. – Aber eins muß ich noch erwähnen, obwohl Sie es sich wohl schon gedacht haben werden, Shannon. Sobald er die Diamanten zurückerobert hatte, blieb Marshalt nichts anderes übrig, als auf dramatische Weise wieder aufzutauchen. Und das hatte er beinahe allzu gründlich besorgt! Er stellte sich ins Wasser, legte sich selbst die Handschellen an und wartete mit dem Schlüssel in einer und einem Revolver in der andern Hand auf Ihr Erscheinen. Aber Sie kamen etwas später, als er berechnet hatte, und in den fünf Minuten ließ er den Schlüssel zu den Handschellen aus Versehen ins Wasser fallen und konnte sich nicht wieder befreien. Wenn Sie nicht gekommen wären, wäre er sicher ertrunken. Den Revolver warf er ins Wasser, sobald er auf Sie geschossen hatte. Ich habe ihn nachher gefunden. Wenn er Sie getötet hätte, wäre seine Unschuld erwiesen gewesen – er konnte die Tat nicht begangen haben. – Und nun möchte ich Sie um Ihr Abzeichen bitten, Fräulein Torrington!«

Sie tastete in ihrer Tasche herum und gab ihm den Stern.

»Danke!« sagte Slick liebenswürdig. »Sie nehmen es mir hoffentlich nicht übel. Ich lasse mir ein für allemal den Stern zurückgeben, wenn jemand aus meiner Agentur ausscheidet und zur Konkurrenz übergeht.«

Er blickte Shannon an, und beide lachten.